十誡

夕木春央

鍾雨璇 譯

目錄

耶和華說：看哪，我要立約，
我要在你全體的人民面前作奇妙的事，
是在全地萬國中沒有行過的。
在你四周的萬民都必看見耶和華的作爲，
因爲我向你所行的是可畏懼的事。

——舊約聖經《出埃及記》34：10

序章

島上吹拂著十一月的風。

我們所在的這座島嶼是一座小島，形狀接近正圓，直徑不到三百公尺。島上地勢平坦，除了幾棟建築物和孱弱的樹木之外，毫無其他遮蔽。不過小島北側倒是不少地方都覆蓋在茂密的雜草之下。

我們八人此刻正站在小島東側的懸崖邊。

只要往懸崖外探出身體，就能看見底下的屍體。屍體面朝下趴在地上，背上插著一支十字弓的箭。懸崖太過陡峭，我們無法下去，自然也看不到屍體的臉，不過我們都很清楚屍體的身分。昨天我們一共有九人，如今卻少了一人。少去的那一人，就是我們眼前的屍體。

這無疑是一起殺人命案，而且凶手就在我們之中。然而，我們沒半個人試圖報警。島上並非收不到訊號。儘管這裡是離島，不過通訊狀況良好，完全沒有收訊問題。儘管如此，我們依舊無人報警。

同樣地，沒有任何一人試圖離開這座島嶼。

天氣晴朗，風也不至於太強。既然手機打得通，大家只要打電話叫船來接我們就好，然而我們選擇留在這座出了人命的小島上。

因爲報警或離開小島都遭到禁止。只要違背禁令，所有人都是死路一條。

我們到底得在這座島上待多久？答案是直到三天後的黎明。

除此之外，還有一件最重要的事情。

在島上的期間，**我們絕不可找出殺人犯**。

此一守則便是加諸於我們身上的誡律。

第一章　枝內島

一

暴風雨已過，藍天一碧如洗，不過海面仍然顯得波濤洶湧。

從手機上的地圖應用程式來看，我們的所在地大約位於和歌山縣白濱外海五公里處。由於身處海上，實際位置可能有不小的偏差。手機的訊號到目前爲止都還算穩定。

我們搭的是一艘頗有年頭的船，全長約十五公尺。和休閒娛樂性質的遊艇不同，這是一艘以實用爲主的釣魚船。即使站在甲板上，也能在清新海風中聞到揮之不去的魚腥味。

我記得父親提過，這艘船是由開發公司安排的。

自從船出港之後，我就併攏膝蓋坐著，獨自窩在甲板最後方的釣座上，試著不去在意同船的大人們。

他們想來也沒空理我。畢竟我在這趟旅行中，只是個無關緊要的跟班。

父親和開發公司的人從船艙走上甲板。

這趟雖然是需要過夜的遠行，父親卻如常地一身休閒打扮，照樣穿著棉質長褲、POLO衫和白色運動鞋，臉上的鬍碴也一如往常地醒目。

反觀開發公司的負責人，身高將近一百九十公分，頂著類似二分區式髮型的短髮，年紀大約落在三十歲後段班，給人活力充沛的印象。

記得他之前來家裡拜訪時穿的是西裝，今天則是一身時下流行的工作用品店所賣的時髦工作服。沒記錯的話，他的名字應該是叫澤村。

父親向待在甲板後方發呆的我使了個眼色。

我摘下右耳的無線耳機。澤村先生和父親雖然人在甲板中央的位置，不過我仍能依稀聽到兩人的對話。

「說起來，大室先生有多少年沒去島上了？」

「我們將近十年沒去島上了，然後我大哥也如之前提到的，應該這四、五年都沒踏上島。所以我其實還挺擔心，不知道島上現在是什麼樣子。我怕讓你們特地來一趟，卻連個過夜的房間都沒有。」

父親這一路都把這件事掛在嘴上。

「哎呀，不用太在意啦。要是眞的如你所說，我們只要在今天內收工就好。不過我想不會有什麼大問題啦，畢竟我們事先都做好了心理準備，反正大不了就搭帳篷。其實我自己非常期待今天的這趟行程，畢竟說眞的，這麼有趣的企畫可不是天天有。實在是非常感謝你。」

哪裡的話，父親侷促地這麼回應。父親不擅與人打交道，即使面對擺出討好姿態的澤村先生，也遲遲難改拘謹僵硬的樣子，讓做女兒的我覺得有點丟臉。

「幸好天氣放晴了，我原本還挺擔心的。」

「可不是嗎。要是下雨的話，實在讓人提不起勁去島上。」

過去幾天由於炸彈型低氣壓的影響，天候一直很糟。我們直到出發前，都還在擔心是否能夠順利出航。幸好天氣好轉，風也比昨天平靜許多。

他們兩人朝向前方，澤村先生指著船頭前方。

「呃，前面應該就是那座島吧？」

「哦哦，沒錯，那就是我大哥的島。」

聽到兩人的對話，我不禁也悄悄站起身，瞇眼望向前方隱約可見的小島。

遠方的島嶼還只是小小的影子，不過毫無疑問，正是我兒時記憶中所知的枝內島。

二

枝內島是一座全長不到一公里的小型無人島，所有人是我的伯父大室脩造。

與當網頁設計師，低調地個人接案的父親相比，伯父是個非常與眾不同的人物。

他在股票交易有著過人的才華，才剛踏入三十幾歲的時候，就已經靠著擔任當沖交易員，積攢了可觀的財富。他用賺來的錢到處購買奇特的汽車或設計師建築之類的，過著奢侈玩樂的生活。

枝內島也是伯父購置的地產之一。他買下這座與本土距離遙遠，完全未經開發的荒蕪無人島，花費大量時間和金錢修建房屋與基礎設施，將整座島打造成他的個人別墅。

父親和伯父的個性似乎不太合拍。對父親而言，事業成功的伯父想必讓他心生自卑。再加上單身的伯父私生活似乎不太檢點，因此已經結婚生子的父親會和伯父日漸疏遠，想來也是不足為奇。

不過兩人之間並非完全斷絕往來，伯父一年之中偶爾會和我們見個一兩次面。每次見到我們的時候，伯父總是表現得很和藹。

我還是小學生的時候，曾經在伯父的招待下，去過幾次枝內島。

伯父在島上住的是一棟宛如小型山莊的別緻木造建築。住在島上的那幾天，儘管做的淨是釣魚、看星星、放煙火這些稀鬆平常的事，但在我的內心，卻是童年中無比鮮明的回憶。

話雖這麼說，我們放的煙火其實相當壯觀，用稀鬆平常來形容可能有些失敬。由於不用顧慮左鄰右舍，我們盛大地施放大型煙火，幾乎像是一場小型煙火大會。

我最後一次去島上，是在我小學六年級的時候。當時以哥哥的升學為契機，我們舉家搬到東京。

上國中之後，我開始參加社團活動，過著忙碌的學生生活，根本沒時間去單程就要花上一天的遙遠小島，和伯父見面的機會也隨之大減。

結果就在三週前，伯父突然過世了。

據說他是在北海道發生車禍。我們和伯父之間久未聯絡，直到醫院打電話來通知的時候，我們才初次得知他人在北海道。

父親趕赴當地處理後事，火化後把骨灰帶了回家。其他家人都因爲忙碌而沒跟著去，葬禮也因爲伯父生前的意願而沒有舉行。

我並未感到特別悲傷，畢竟距離最後一次見到伯父，已經是許久以前的事情了。光從電話另一頭聽到伯父的死訊，也讓人難以產生眞實感。如果實際見到伯父的遺體，我也許就會落下眼淚。每當看到暫時安置在客廳深處的骨灰罈，一股惆悵感就會湧上我的心頭。

伯父的後事才告一段落，幾天之後，一家叫日陽觀光開發的公司突然來電聯絡父親，表示想和父親討論伯父名下的小島。

負責人澤村先生似乎和伯父有私交，曾在閒談之間聽聞枝內島的事情。

其實伯父也許久沒再去島上，不健康的生活方式讓他不良於行，提不起勁去大費周章地搭船渡島。

澤村先生對此產生一個主意：打理整座枝內島，把枝內島打造成一座出租度假島嶼。

伯父生前似乎秉持即使不再去島上，也不打算脫手的態度，因此澤村先生一直將這個計畫藏在心裡，從未向伯父提起。

不過隨著伯父去世的消息傳來，計畫也跟著動了起來。

澤村先生多半察覺到，我們家與伯父關係並不親密，才敢在故人過世後不到四十九天便突然聯絡，也不怕因爲唐突冒犯而被拒於門外。

父親雖然對澤村先生突如其來的提議感到驚訝，但是並未生氣。

這個提案對我們家來說，自然是極具魅力的計畫。一座今後不再踏足的無人島，若是能夠變現，自然是再好不過了。

雙方決定先去島上勘查，看看將小島打造成度假村的計畫是否可行。

事情一說好，後續事宜也以驚人的速度逐一敲定。

勘查日期定在十一月三連休前的週四和週五。之所以要過夜，是因爲從東京出發的話，根本無法當天往返，而且既然要蓋住宿設施，自然也該確認晚上的情況。

大室家內召開了家庭會議，討論誰要參加這次勘查之旅。

個人接案的父親時間上比較靈活，所以理所當然會去。母親因爲自治會有事無法脫身，所以不克出遠門。進公司第三年的哥哥也因爲事出突然，難以請到兩天特休，只能作罷。

結果唯一有空陪父親去的，就只有我這個正在準備重考藝術大學的么女了。

三

小島身影在視野中漸漸變大，澤村先生和父親的視線依然投向前方。

「大概再過十五分鐘就能抵達小島了吧。」

「嗯，應該吧。這一趟下來可真是累人，讓你們大老遠到這裡來，實在是不好意思。」

我不禁在心中吐槽，這趟行程本來就是對方的提案，父親根本不需要這麼客氣。

澤村先生誇張地擺擺手。

「哪裡的話，我們都是知道才來的。倒是我們才不好意思，我本來還擔心脩造先生才過世沒多久，我們就提出這樣的企畫，可能不太合適。不過要是再拖下去，天氣就會愈來愈冷，我們才會這麼急著過來。」

「是啊，今天雖然放晴了，氣溫卻下降不少。風一吹，還真是有點讓人吃不消。」

「要不然我們進船艙吧？」

澤村先生體貼地提議。

兩人跨過剛才出來的狹窄艙門，準備回船艙。正要進去時，父親轉頭出聲叫我。

「里英，妳要不要再加件衣服？外面很冷，小心著涼。」

「都說了我不冷。」

我撇頭回答。

雖然帶了父親買的黃色防風外套，不過我嫌袖口的鬆緊帶太土氣，一直塞在包包裡。

「真的嗎？小心別著涼喔。」

「嗯。」

「也別不小心掉進海裡喔。」

「嗯。」

父親終於不再多說，回到船艙裡。

我重新戴上無線耳機，耳中聽的是收錄了近期動畫片頭曲與片尾曲的播放清單。

我縮在甲板角落，感到胸中的懊悔愈來愈強烈，早知如此，當初就不該跟來才對。

父親說這趟旅行也許能幫我轉換心情，我在來之前也是抱著同樣的想法。

我已經兩次報考國立藝術大學的設計系，結果屢次落榜，現在正在準備考第三次。

最近和高中時期的朋友聯絡都有點尷尬，升學補習班的同學則是本來就不算很熟。

直到去年為止，我都在家庭餐廳打工。雖然工作得還算愉快，但是今年在父母的勸告下，我辭掉了打工，以免因為無法全力為考試衝刺，落得再次重考的命運。

因此好幾個月以來，我過著只是往返於補習班與家裡的日子，連我自己都能感受到躁悶的情緒在內心不斷累積。

只要明年能順利考上大學，就能徹底改變現狀。我把希望寄託在這個想法上，然而每當想到萬一失敗，恐懼就會湧上心頭，讓我害怕得想要尖叫。

出於這些緣故，我原本對這趟旅行充滿期待。畢竟距離考試還有時間，時間也只有短短的兩天一夜。雖然和父親一起出門讓我有點抗拒，不過錯過這次機會，今後說不定再也沒機會來枝內島了。

既然如此，我想在最後好好看一眼這個充滿回憶的地方。我回想起小時候去島上前一天的雀躍心情，心想至少這趟旅行能讓我暫時逃離現實。

只不過還沒踏上島嶼，我就已經開始感到累了。

下午兩點左右，我們與觀光開發公司、建設公司和不動產公司的代表，約在漁港的小吃店碰面。

日陽觀光開發公司派來的代表，除了澤村先生以外，還有一位名爲綾川的年輕女性實習員工。

建設公司是一家叫做草下建設，擁有幾十名員工的公司。今天是由草下社長和一位女性設計師一同出席。

草下先生是一位年過五十，身材圓潤的小個子中年男子。設計師名叫野村，是一位染著褐髮，戴著鏡框鋒利的運動眼鏡，年約四十歲的中年婦女。她看起來有些難以親近，或許是因爲她讓我想起了高中國文老師。

名爲羽瀨藏不動產的不動產公司同樣派了兩人出席。一位是藤原先生，是一位年齡大約三十出頭，把頭髮染成淺亮髮色的男性；另一位則是小山內先生，年紀比藤原大上一輪。兩人都是一身重視機能性的戶外服裝。和一般上班族相比，他們給人一種輕鬆率性的印象，想來是因爲他們經手的大多不是都市的公寓大廈，而是這類獨特的房地產。

還有一個人不是爲了工作而來。據說他是已故伯父的朋友，名字叫做矢野口。他的年紀看起來和伯父相仿，身上又是外國品牌的休閒西裝，又是看似昂貴的手錶，一身不適合去島上的行頭，看著就有些惹人嫌。

不過愛講究車子和衣服的伯父也有類似的傾向。就這一點來說，讓人不禁覺得矢野口先生不愧是伯父的朋友。他表示想一同前往島上緬懷故人。

這七人加上父親和我，參加這趟勘查之旅的一共有九人。

大家有人是初次見面，也有人是老相識。上船前，大家交換名片，簡單寒暄一番。

除了我以外，其他八個人寒暄時一派歡洽。雖說此行意在勘查，不過度假村計畫是否可行，還是個未知數。畢竟今天不過是初步場勘，即使發現計畫難以實現，也不必太過沮喪。

因此大家談笑間十分輕鬆，彷彿這是一趟團康旅行。

大家都打完招呼後，父親向大家介紹我。

「這是我女兒里英。我本來是希望全家一起來，不過因爲是平日，只有女兒有空來。」

父親臉上露出不知是引以爲傲還是引以爲恥的含糊笑容。

「大家好，我是里英。」

我禮貌地低頭致意，大家便開始你一言我一嘴地問起我的年齡和現在在做什麼。

當我回答自己今年十九歲，正準備考藝術大學時，大家紛紛鼓譟說：「哇，眞厲害啊！」「祝妳成功考上！」「加油啊！」不過話題一轉，他們又迅速討論起枝內島的開發計畫。

他們根本不在乎我是否能考上藝術大學，對我的人生也毫無興趣。如此理所當然的事實，卻讓我內心感到受傷。

接下來的兩天一夜，我不得不和這些對我毫不關心的陌生人一起渡過，還得裝成毫無考試壓力的樣子。

早在開始之前，我就應該預想得到這種情況，結果直到實際身處於這些大人之間，我才對這趟旅行湧起沉重的疲憊感。

四

沒過多久就要抵達小島，但我還是決定先回船艙。

雖然和大人在一起令人心生厭倦，不過我都高中畢業了，實在不想被人當成還會怕生的小孩。此外父親說得沒錯，連帽外套加救生衣到後來確實不足以抵擋寒意。

我穿過甲板上油漆斑駁的狹窄艙門，走進船艙。狹長船艙的兩側是相對而坐的堅硬座椅，大家盡可能地以舒適的姿勢坐著閒聊。

「哦，歡迎回來呀，里英小妹。」

草下社長用誇張的口氣向我打招呼。

「外面風應該挺大的吧？」

「呃，是啊。外頭開始變冷，我就進來避寒了。」

「這樣啊。真是抱歉呀，難得來一趟，結果卻得和我這種大老粗在一起，想必很煩人吧。別太在意我們，放輕鬆就好。」

我只能客氣地笑了幾聲，不知道該怎麼回應。

草下先生說完這句話後，也沒等我回答，就轉頭和不動產公司的藤原先生聊了起來。

我縮在門邊的座位，對面的父親正被設計師野村小姐詢問枝內島地形和建築的問題。

「您說小島的大小估計周長不到一公里嗎？」

「呃，對，差不多。」

野村小姐在併起的大腿上，攤開一本時髦的皮革記事本，用鉛筆在記事本上做筆記。

「登島的時候都是怎麼辦呢？島上有類似船塢的地方嗎？」

「是的，北邊有一處類似碼頭的地方，可以讓船靠岸。除了那裡以外，其他地方都是懸崖，高度大約是八到九公尺。所以整座島的形狀有點像是漂在海面上的瓶蓋。」

「哦，瓶蓋是類似以前彈珠汽水的那種瓶蓋嗎？原來如此，我明白了。那麼島上又是什麼樣子呢——真是抱歉，雖然待會到島上就能知道，但我還是想先問一下。」

「沒事沒事，完全沒問題。島上的地形大致上一片平坦，從空中俯瞰的話，形狀接近正圓形。主建築是一座像山莊的房子，位於島的西南邊。此外，在島的正中央還有一間相當大的工具小屋。除此之外，島上還零星坐落著可供一、二人用的小木屋，數量大概有五間吧。小木屋和山莊像是圍著工具小屋一圈，無論從哪裡都能欣賞到海景。」

「這樣啊，還眞是特別。是令兄蓋的嗎？」

「是的。另外，小島外圍還有一條環島步道，不過這條步道幾乎完全貼著懸崖，如果要對外開放出租，不裝上欄杆可能會很危險。」

「我明白了。這些部分等看過之後再來評估好了。」

「嗯，麻煩了，然後工具小屋底下還有一個地下室。我也不知道我大哥到底是怎麼在這種離島上挖出一個地下室——」

父親拿出手機，向野村小姐展示枝內島以前的照片。

我不想多看父親和其他女性把臉湊在一起看小小螢幕的畫面，便把目光轉向斜前方。不動產公司的藤原先生從剛才開始，就一直和草下先生大聊不動產買賣。

「我覺得啊，即便未來人口減少，土地價格下跌，應該還是有很多不同的銷售方法。」

「例如說，不是很多地方儘管風景優美，但坡度陡峭，怪手難以施工，所以很難拿來蓋房子嗎？這種地方雖然有魅力，但是很難找到買家；或者是雖然有人買，但是買了之後卻難以運用，土地就被閒置不管。其實這類土地只要整頓得適合居住，價值自然就會水漲船高，到時就能夠輕鬆賣出去了——因此我一直在想，有沒有機會和擅長在條件差的土地蓋房子的人合作，一起做成屋買賣的生意。草下先生，你們公司在這方面應該很拿手吧？」

「哦，是啊，畢竟我們公司在鄉下地方，常常接到這方面的工作。」

「今天我也是打算來長長這方面的見識。畢竟枝內島也算是這一類土地吧？」

「算是吧。不過老實說，要在枝內島上蓋新房子可不容易，重點要看現有的東西有多少能加以利用，畢竟運送建材是個大問題。」

他們似乎忘了一旁的我也聽得到，以及我對枝內島的感情。得知他們只把這座島視爲商品，讓我感到一陣惆悵。

我把視線轉向草下先生和藤原先生的對面，坐在那裡的是另一位不動產公司的代表小山內先生，以及伯父的友人矢野口先生。

矢野口先生正在向小山內先生展示他戴著的手錶。

「這只錶是什麼時候買的？」

「大概十年前吧。當時的價格還沒這麼高，這幾年才突然飆漲，加上最近日幣貶值，意外成了一筆不小的財產。在這種時候可眞是令人心生感激。」

「哇，眞是令人羨慕。我們這種人還得想方設法靠房地產擠出一點利潤，這下不都成了笑話嗎？」

「哪裡的話，做你們那一行也很厲害啊，像我就萬萬辦不到。」

我記得兩人說過彼此是初次見面，以初次見面的人來說，他們聊得十分融洽，俗氣的對話中透著刻意的互相吹捧。

放眼所見，大家都在談論與我八竿子打不著關係的話題。

我裝出想睡的模樣，垂頭把雙手放在膝蓋上，打算就這樣熬到靠岸。

然而，我感受到來自身旁的視線，便抬起頭來。

盯著我看的人是日陽觀光開發公司的實習員工綾川小姐。

她穿著休閒棉質長褲，搭配有圓點圖案的戶外夾克，和我一樣顯得有些不自在地縮在椅子上。

「啊，抱歉。」

發現我察覺她的視線，綾川小姐向我笑了笑。

在這群爲了工作聚集於此的大人當中，唯獨綾川小姐沒有加入話題。她一直靜默不語，彷彿有些緊張。畢竟她還只是實習員工，緊張可能也是在所難免。

「里英小姐上一次去枝內島是什麼時候呢？」

在甲板上的時候，澤村先生也向父親問了相同的問題。綾川小姐似乎從先前就想找時機向我搭話。

「我最後一次去是小學六年級的時候。」

「這樣啊，那可眞是好一陣子前了。妳會很期待嗎？」

「倒是不會，不過我還是想看小島最後一眼，記住它是一個怎樣的地方。」

「小島變成飯店的話，會讓妳覺得寂寞嗎？還是覺得很期待？」

「呃，因爲我其實不是很清楚，所以沒什麼特別的想法。」

我這麼回答之後，立刻討厭起自己的冷淡回應，連忙回問以作彌補。

「綾川小姐大老遠跑到這種地方來，不會很辛苦嗎？還要過夜呢。」

「畢竟是工作嘛，而且我本來就喜歡戶外活動，所以也還好。其實我原本不在預定參加人員之中，但是澤村先生說成員比例有點不平衡，所以希望我也一起來。反正島上似乎很有趣，我也覺得這趟旅程可能會是一次不錯的經驗。」

看到綾川小姐向我靦腆一笑，我不禁感到一陣難為情。

她說自己是因為「成員比例不太平衡」才被找來，可是房地產勘查之旅根本沒必要顧慮男女比例。

簡單來說，她是來這裡當保母的。不知道是出於父親要求，抑或是澤村先生的體貼安排，由於我也要來，他們才找了年齡盡量相近的女性來陪我。

我已經十九歲了，按理說已經成年了，可是我依然被當作小學生般照料。

我感到難堪，又不想為此擺臉色或鬧彆扭。無論如何，我至少要和綾川小姐和睦相處到明天為止。

「我對藝術一竅不通，不過聽說藝術大學的錄取率很低，要考上可說難之又難。啊，聊這個還好嗎？不好意思，我太沒神經了。」

「還好，也沒什麼。老實說，我也不知道自己考不考得上。」

綾川小姐接著又問了一些老生常談的問題，像是升學補習班是否有趣，或者為什麼想考藝術大學之類的。

這些問題讓我感到困擾。儘管我有一套用來應付陌生人的說詞，但是我實在懶得一再說出同樣的台詞。

話雖如此，說實話也是白搭。我原本是因爲喜歡動畫，想讀相關的專門學校，只是父親希望我考四年制的大學。剛好我自己對藝術大學也有點憧憬，就決定朝這個目標努力。不過這些事情就算說出來，也毫無任何意義。

「——總覺得眞是不好意思，明明只是兩天一夜的旅行，卻讓妳這麼費心。」

反正我們只會相處到明天，假裝相處融洽也只是浪費時間。

然而綾川小姐突然一臉嚴肅。

「誰知道呢？未必就只有今天跟明天吧？」

「什麼意思？」

「如果我們明天分別後就再也不會相見，無聊的寒暄確實沒什麼意義。偶然相遇的人自然大多是這樣沒錯，不過也會出現例外，所以我都是抱著這樣的可能性與人交談。畢竟我對妳還一無所知，誰知道接下來會發生什麼事呢？眞是抱歉呀，如果我更會帶話題，或許就能更自然地和妳談些有趣的話題了。」

剛才都在聊無關痛癢話題的綾川小姐，現在突然坦白自己與人相處時採取的方針，讓我吃了一驚。

她的這番話其實是在溫和地提醒我，別試圖隨便敷衍寒暄。明明是我自己嫌大人的各種關切是多管閒事，同時又討厭被忽視，矛盾地期待大人們能夠理解自己。

我深感自己多幼稚。既然綾川小姐都這麼說了，我決定接受她的善意。

「——老實說，補習班一點都不好玩。周圍的同學年紀愈來愈比我小，沒什麼可以聊得來的人。」

「這樣啊。說得也是，畢竟是考生，大家應該都很緊繃吧。」

綾川小姐點點頭，彷彿在說她就是想聽這些真心話。

我雖然說得輕描淡寫，不過實際的狀況比我說的更糟。

去年重考第一年的時候，我是補習班老師最看好的學生。老師甚至說如果有人能考上，頭一個肯定是我。這番話讓我產生自信，甚至開始自以爲是地向其他同學提供建議。

然而實際考試的時候，我卻落榜了。雖然藝術大學的入學考試競爭激烈，兩次失敗並不稀奇，但是我給過建議的同學當中，竟然有幾個人都考上了。

我當然清楚自己也有可能落榜，但從未想像過其他人考上，自己卻落榜的情形。我看過其他人作品的水準，擅自認定不會發生這種事，深信自己遠比身邊的同學優秀。

要是所有人都考上，只有我沒考上的話也就算了，不過這種情形當然不會發生。由於考藝大的升學補習班並不多，我也無法今年改去上其他補習班。於是我只能繼續留在班上，和那些目睹我被老師捧到得意忘形後，又被落榜現實狠狠打擊的重考生們一起上課。

說出一部分的眞心話之後，我突然有種不吐不快的衝動，想向綾川小姐全盤說出一切。只是我不想被船艙內的其他人聽到，更別說我們也才剛打完招呼而已。

反正這是一趟兩天一夜的旅行，我總有機會找綾川小姐說話。儘管不能期待什麼善解人意的回答，可能也無法解決任何問題，但至少綾川小姐感覺會傾耳聽我訴說。

我心裡有些高興，如此一來，我便在這趟感覺無事可做的旅程中，多一個小小目標。

沒過多久，引擎聲變小，船隻逐漸減速。

船長走進船艙通知大家。

「各位乘客，我們已經快到了。前面就是碼頭了。」

「啊，好，謝謝。」

父親起身，其他人開始整理自己的東西。大家陸續走向甲板，一睹即將抵達的枝內島。

我和綾川小姐一起留到最後才離開船艙。

五

當船隻逐漸靠近碼頭時，我被一陣強烈到令人目眩的鄉愁擊中。幽藍的大海波濤洶湧，枝內島聳立的斷崖峭壁近在眼前。整片斷崖只有一處坡度逐漸趨緩，延伸出一條探向大海的碼頭。

一切都與我小時候見到的景象完全相同，唯獨木頭搭建的碼頭，因爲腐朽侵蝕而泛黑。隨著懷念之情湧上心頭，伯父缺乏眞實感的逝去，也突然讓人悲傷了起來。

「大一點的船也能停靠在這裡嗎？」

澤村先生用不輸引擎轟鳴聲的音量，向父親大聲詢問。

「是的，因爲這裡水很深。反正來島上的人，最多也不過二十人左右，那種程度的船絕對沒問題。」

「要施工的話，當然是能多載點東西比較好，所以這實在是個好消息。雖然重型機械不知道行不行，不過要運送最低限度的材料的話，應該沒問題吧？」

「嗯，是啊。」

草下先生把身體探出欄杆，一邊觀察斷崖，一邊應和。

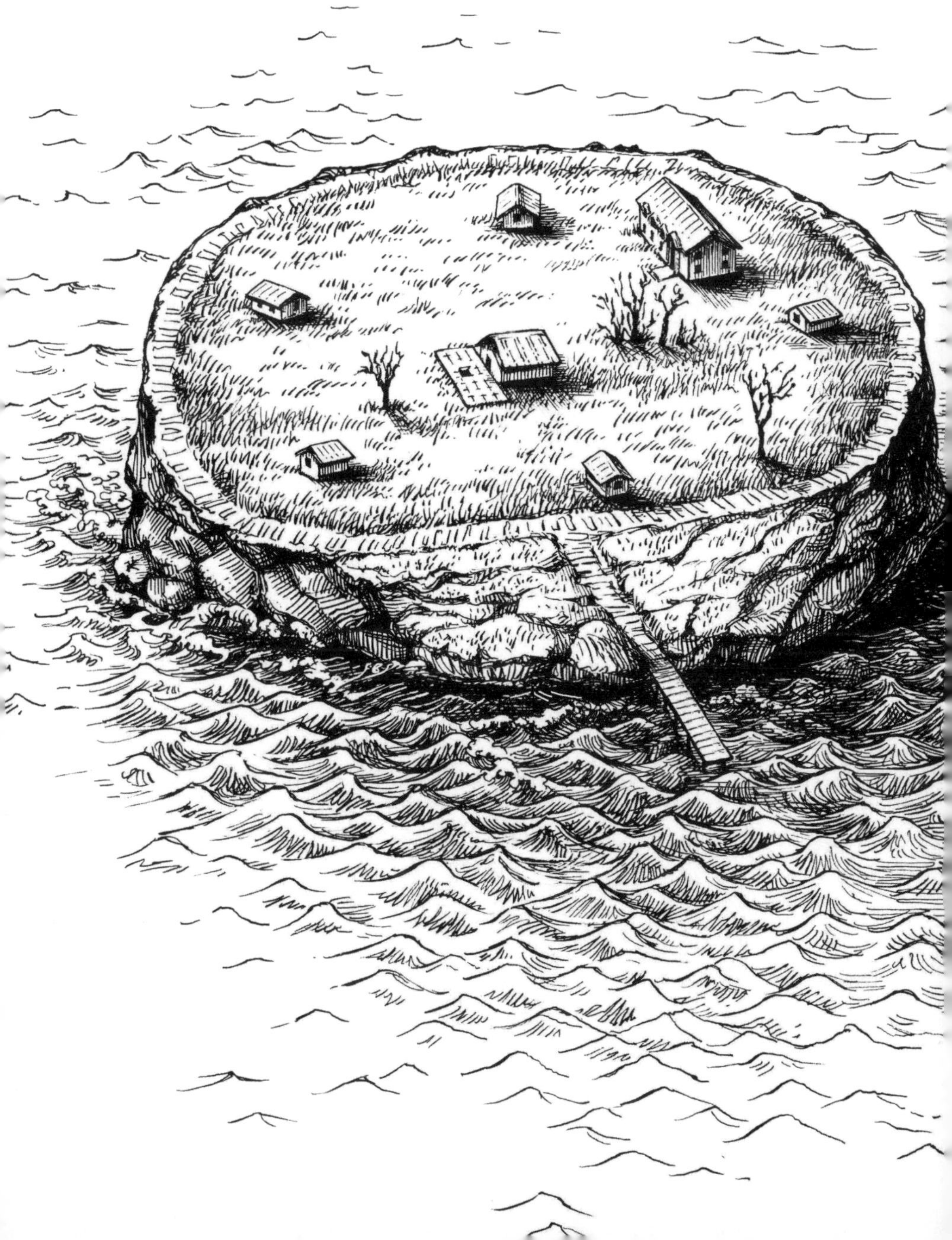

碼頭的側面綁著破爛的橡膠輪胎。釣魚船小心翼翼地停靠碼頭。狹窄的舷梯被放下來，搭在碼頭上。

「好了，各位，請小心下船。」

在船長提醒下，我們一個接一個地小心翼翼走下舷梯。

舷梯在腳下晃動，讓我捏了一把冷汗。要是不小心跌下去，後果不堪設想。我想起小時候曾被伯父嚴詞警告，說這片海域非常危險，因爲海流湍急，絕對不可以在這裡游泳。更何況現在是十一月，海水冰冷刺骨，更加危險。

澤村先生帶了所有人的糧食飲水，所以他的行李特別多。在綾川小姐的幫忙下，他帶了兩個大保冷袋和裝著瓶裝天然水的背包。父親帶著二十公升的汽油桶，準備給發電機用。

我們全員都下了船，歸還救生衣後，船長拉高嗓門詢問。

「明天打算怎麼辦？中午來接你們就好了嗎？」

「嗯，讓我看看——」

澤村先生掏出手機查看行程，我也下意識地跟著伸手去碰牛仔褲口袋中的手機。

「——大概中午左右吧。我明天早上會再打電話給你，到時再跟你確定具體時間，這樣可以嗎？」

「行啊。明天再打電話聯絡是吧，明白了。因爲我今天還有其他預約，傍晚後即使有事，我也沒辦法過來喔。你們自己多小心，就這樣。」

大家紛紜道謝，目送船隻離岸。

碼頭外的地面泥濘不堪，狂風暴雨似乎是持續到昨天，浪頭拍打上岸。

大家都小心選乾燥的地方走，但矢野口先生還是一腳踩進泥裡。泥水飛濺的聲音讓大家的視線都轉了過來。

「哎呀，不小心弄髒了。」

「啊，沒事吧？眞不好意思，地面不好走。」

父親不知爲何道歉。

「哎，沒事，難免會弄濕嘛。」

沾滿泥巴的黑色運動鞋雖然看起來價格不菲，不過矢野口先生似乎不太在意。

我們所處的位置在小島的北端。

「我原本還有點擔心，不過訊號看來一點問題也沒有。要是網路不通，恐怕就很難讓客人留宿了。不過現在還有衛星網路，眞要說的話，總是有辦法解決。」

澤村先生隨口說道。大家也各自檢查起自己的手機。

這裡雖然是離島，不過我的手機訊號也很穩定。我記得以前來這裡的時候，父親和伯父曾經抱怨手機訊號差，一手拿著手機，在島上四處找訊號。看來這幾年基地台增加了，或是相關的設備性能有所改善。

一爬上與碼頭相連的斜坡，整個周長不足一公里的島嶼全貌便映入眼簾。如同父親先前向野村小姐的解釋：這座小島呈標準的圓形，除了通向碼頭的斜坡外，地勢相當平坦。島的中央是一間工具小屋，居住用的建築則以放射狀分布在周圍。

爬上斜坡之後，附近有一棟約十五平方公尺的小木屋。小木屋沒有水管設備，只是一間用來睡覺的簡易小屋。

同樣構造的木屋還有四間。拿出羅盤比對的話，位於小島西南角的是主建築山莊。

島上四處種了石榴和枇杷等果樹，不過因爲長期疏於照料，此處土地也不算肥沃，樹木已經開始枯萎。

我望向小島中央，只見我小時候奔跑玩耍的地方，如今已是一片茂密的芒草和大豬草。草叢甚至長得比身高一百六十公分的我還高，密集得像是綑起來的草堆，根本無法踏進草叢之中。

我以前在島上從未看過這些野草，不知道這些野草究竟是何時在島上落地生根。如果是在伯父不再踏足島上的短短幾年間長成這樣，生命力實在令人驚嘆。

我們九個人站在原地，默默注視著如今的枝內島。

「雖然早就知道了，不過島上眞是一片荒蕪啊——」

父親喃喃低語，用運動鞋的鞋底踩扁大豬草的草莖。

「——這些草也眞會長。大哥在的時候，他都會認眞除草，所以島上都打理得好好的。沒想到這些野草一眨眼就長成這樣。」

「只是雜草的話，倒是還好啦。雖然麻煩，但除個草就可以了。而且還有很多方法可以防止雜草生長。」

草下先生說著湊向小木屋，開始檢查外牆。

「小木屋用的材料還挺不錯耶。這是進口的木頭，眞是不得了。這些木頭應該盡量照原樣使用，不然就太可惜了。」

伯父曾經自豪地表示他是用南美進口的高級建材蓋房子。

建築物的外觀雖然顯得有些陳舊，但看起來並沒有受損。只要高壓清洗，應該很快就能打理乾淨。

「接下來要怎麼辦呢？總之先放個行李嗎？」

「說得也是。放完行李再看一下整座島的樣子。不快一點的話，天色很快就暗下來。」

父親和澤村先生達成共識。

小島外圍有一條步道，由類似鐵軌枕木的木板鋪設而成，只是木板如今泰半都埋在泥土之中。儘管如此，步道並未遭到雜草侵略。我記得伯父曾說過他替步道做了除草處理，以防雜草滋生。

我們從北邊沿著小島的外圍向西走，朝著主建築別墅前進。由於島上雜草叢生，我們無法直接穿越小島中央。

一旁的綾川小姐吃力地抱著澤村先生交給她的保冷袋。

「那個……我幫妳拿吧？」

「沒關係，馬上就到別墅了，謝謝妳。」

別墅確實已經近在眼前。我爲自己的思慮不周感到羞恥，懊悔自己應該更早提議幫忙。

我們抵達了朝南望海的山莊門前。

父親以山莊來稱呼的這棟建築，確實是一棟裝飾奢華浮誇，給人泡沫時期印象的別墅。此處的建材用的也是堅固的南美木材，橙黃色的外牆油漆有不少處斑駁的地方。

「要先進去也行，不過在那之前，大家要不要先繞島一圈看看？」

大家一致同意父親的提議，把行李放在別墅的玄關門廊上。

放下行李後，我們繼續沿著外圍的步道向北走。

藤原先生從步道探出身體，往下看著懸崖。

「哇，要是掉下去可不得了。要對外營業的話，這裡絕對需要安裝欄杆。」

懸崖大約有九公尺高，部分區域不斷遭受海浪沖刷拍打，其他地方則是裸露的險峻岩石。要是掉下去，後果絕對不堪設想。

我想起父親說過，我還在讀小學低年級的時候，他不敢帶我來島上，生怕我搞不清楚狀況，隨意靠近懸崖。

不過回想起來，即使升上小學高年級，大概也算不上安全。畢竟我曾經在四下無人的時候，雙腳懸空地坐在懸崖上眺望大海。

現在想起來，連我都不懂自己怎麼敢做這麼恐怖的事情。大概是當時太過年幼，還無法充分認知到懸崖有多危險。

「看來整座島都需要用欄杆圍起來，這可是一項大工程啊，感覺會是現階段預算最高的部分。」

「嗯，不過欄杆其實也有省錢的做法。不澆混凝土，直接把鋼管打進地面的話，就不需要動用到重型機械。雖然這種方法沒辦法長久維持，不過欄杆遲早都會因爲海風鏽蝕而無法持久，所以也還好。但是否可行還要看土質，所以要調查過才知道。」

草下先生回應了澤村先生的擔憂。

不管走了多久，右側的海景都毫無變化；左側則是隨著前進的步伐，不時可見類似碼頭附近的小木屋。

位於碼頭相反方向的小島南側，似乎沒受到太多雜草的侵襲。原本是農田和花圃的地方雖然已是一片荒蕪，但是除此之外的地方似乎都有經過除草處理。位於島嶼中央的工具小屋被叢生的茂密雜草、樹木和小木屋遮掩得幾乎看不見。

走在前面的野村小姐指著竄出地面的樹根提醒我。

「那邊很危險喔，走路要小心。」

我不禁有些不悅。我比誰都清楚那裡有樹根，畢竟我被絆倒過不只一兩次。

矢野口先生走在隊伍最前面，環顧四周的神情顯得對這裡十分熟悉。

「那個，矢野口先生，你之前來過這裡嗎？」

澤村先生替我問出心中的疑問。

「嗯？啊，嗯，已經是好幾年前的事了吧，當時脩造老弟還健在。不過這裡眞是沒怎麼變呢。」

眞的嗎？小島的形狀當然沒變，但目睹雜草蔓延成這副模樣，說沒什麼變化，實在讓人難以認同。

一邊邁步向前，澤村先生以推銷意味的語氣開口：

「不過這裡的景色眞是令人驚豔啊。儘管交通有些不便，應該也還是能吸引客人上門吧。雖然沒有海灘，到了海邊卻無法下海游泳，實在讓人有點遺憾。」

「是啊，這裡禁止游泳，因爲這一帶的海流眞的很危險。在我大哥成爲這座島的所有人之前，有幾個大學生來這裡露營。其中一人才剛下海，一瞬間就被海流捲走，溺水身亡。據說事發當時還是炎炎夏日，天氣十分晴朗。」

父親說起不太適合拿來推銷這座島的往事。

「眞可怕啊。雖然我連去游泳池都不敢下水，跟我其實沒什麼關係。」

「我也是從小就不敢下海。湖泊之類的還好，但是海浪眞的很恐怖。」

草下先生和野村小姐各自發表感想。

我自己也是不擅長游泳的人。聊完這些話題後，我望向四周的大海，心中突然湧起一股彷彿被囚禁的不安。

我們花了十五分鐘左右繞島一圈，再次回到別墅的玄關門廊。

此時已經過了下午四點，太陽再過一小時便將西沉。

「那麼我們差不多進去吧。發電機如果沒辦法正常運作，晚上會有點麻煩。還是趁天還沒暗，把該做的事情辦一辦比較好。」

父親用從伯父家帶來的鑰匙打開大門。

一走進屋內，建材的氣味和霉味就撲鼻而來，聞起來和以前絲毫沒變。

玄關大廳十分寬敞，呈挑高設計。大廳右手邊就是樓梯，正面是一條長長的走廊，左側則是一扇通往寬敞會客室的門。

雖然我認爲離島上的別墅不必設置會客室，不過伯父對古典傳統的宅邸樣式情有獨鍾。

「這裡基本上是歐美風格，可以直接穿鞋子進屋。只要抖落鞋子上的泥土，就能直接穿著鞋子進屋。屋內備有拖鞋，要是有人腳累了，歡迎自由取用。」

父親一邊說，一邊將立在鞋架上的拖鞋擺在大家面前。

拖鞋只有五雙，不足以讓全部人換上。

我和野村小姐先換上拖鞋，在碼頭附近弄髒運動鞋的矢野口先生也穿走一雙拖鞋。

大家互相禮讓一番之後，草下先生說自己地下足袋（註）穿習慣了，所以不需要拖鞋。小山內先生、藤原先生和綾川小姐也都婉拒，因此澤村先生和父親穿走了剩下的兩雙拖鞋。

大家都客氣地說了一聲「打擾了」，才走進玄關大廳。

「我去檢查一下發電機，大家先在會客室裡休息一下吧。啊，不過房間內可能會有點暗，這該怎麼辦呢。」

「我們自己來開房間的遮雨板吧，其他房間也順道開一下。」

小山內先生回答。

「哎，大家都舟車勞頓的，怎麼好意思這麼麻煩你們。再說，這裡的遮雨板有點難開，右上角有個卡榫——」

「哪裡哪裡，沒問題的。我知道怎麼弄，我們可是做房地產的啊。」

這話說得也是。父親和我一樣，心思不夠細膩。

房地產業者的兩人沒等父親回應，便徑直走向會客室。父親朝他們的背影開口道謝。

「眞是不好意思，那就麻煩你們了——里英，跟我一起來。我們去發動發電機。」

「嗯。」

我和抱著汽油桶的父親一起沿著走廊，走向別墅的深處。

小山內先生和藤原先生處理完會客室的遮雨板後，就接著去其他房間開遮雨板。其他人則進了會客室休息。

發電機所在的房間位於後門旁的廚房對面。因為房間同時也是洗衣間，兩坪大的空間裡同時塞了洗衣機和發電機。

我一走進房間，就注意到奇妙的東西。

房間內有三個二十公升的攜帶式汽油桶，就隨意地放在房間中央。

註：「地下足袋」是一種日本傳統分趾鞋，通常由厚布製成，鞋底則是橡膠材質。因其輕便且具有良好的抓地力，而為工匠、建築工人所愛用。

「這是伯父留下的？」

「應該是吧？不過真奇怪，他會把東西留在這裡嗎？」

伯父離開小島的時候，通常會把島上收拾過一遍，把汽油桶就這樣留下來實在很少見。

「伯父大概急著離開，所以才忘了吧？」

「嗯，大概是有什麼急事吧。總之，這些汽油應該已經放很久了，不要拿來用比較好。大哥最後一次來這裡，少說也是五年前了。」

話雖如此，這三桶汽油看起來也太過乾淨了，上面幾乎沒積什麼灰塵。

我看向房間深處，裡面甚至還儲備了緊急用的罐裝汽油。

父親沒再多想，打開了發電機的加油口。

「來，里英，幫我一下。我拿著這個，妳把噴嘴插進去。」

我按照父親的指示幫忙加油。

加完油後，父親打開燃料閥，啓動了發電機。熟悉的引擎聲響了起來。

「喔，發動了，眞是太好了。不過發電機這種東西想來也沒那麼容易壞——」

確認發電機運轉正常後，父親打開了位於門上方的配電盤蓋子，裡面是一字排開的斷路器開關。

「里英，妳還記得要開哪個開關嗎？」

「我不記得，不管三七二十一全都打開不就好了嗎？」

不只這棟別墅，透過地上粗壯電線相連的五間小木屋和工具小屋，也全都靠這台發電機供電。

父親打開了配電盤上所有的開關。

沒多久，隔壁廁所換氣扇的運轉聲就響了起來。

「好了，搞定。哎，眞是太好了。來了這麼多客人，要是沒電可用就慘了。雖然澤村先生說沒關係，但總不能眞讓他們在沒電的情況下過夜吧。」

父親一邊打開洗衣間的遮雨板，一邊說道。

我們接著打開水龍頭閥門等開關，處理完種種事宜後，我和父親一起回到了會客室。

會客室裡擺放著一張轉角沙發和一台大電視，實際上可以算是客廳。附玻璃櫃門的沉重櫃子沿著牆壁一字排開，裡面展示著伯父收藏的稀有礦石和昆蟲標本。

除了不動產公司的藤原先生和小山內先生以外，其他五個人都在會客室內。只是大家沒半個人坐在沙發上，而是站著等我們回來。

遮雨板已經打開，夕陽照進房間。儘管室內光線充足，不過爲了向大家展示電力正常，父親還是開了電燈的開關。天花板上古典風格的燭台造型燈具隨之亮起。

「發電機已經發動了，電力還算充足，大家用電時不用太有壓力。」

「發電機是用汽油驅動吧？這裡運送燃料不太方便，我還在想能不能引進太陽能，不過既然偶爾一用，暫時維持現狀應該也行吧。」

草下先生一說完，野村小姐便接著提問：

「請問這邊的供水是怎麼解決的？這裡感覺就算鑿井，也只會出海水吧。」

「哦，這裡有一套海水過濾系統，可以產生足夠的淡水供應日常使用。此外，還有雨水儲存槽，雖然現在剛接上電，可能還沒辦法馬上供水。另外也能燒洗澡用的熱水，各位不嫌棄的話，今天就可以試試看。」

父親不知為何用一種推銷般的口氣向大家說明。

大家也都帶著商業性的微笑，聆聽父親的講解。

「對了，藤原先生和小山內先生呢？」

「哦，他們還在開各個房間的遮雨板呢。」

聽到澤村先生這麼回答，父親顯得有些不安。

畢竟父親好一陣子沒來島上，伯父又是個特立獨行的人，父親擔心某些房間裡，說不定會出現意想不到的東西。

兩位不動產公司的人剛好在此時回到會客室。

「大室先生，一樓的遮雨板都已經打開了。這裡真是一棟好房子啊，完全沒有劣化受損的樣子。」

小山內先生說完後，建築設計師的野村小姐也表示贊同。

「真的，感覺完全不用重新翻修。看來我這次可能派不上什麼用場。如果要對外營業，這裡應該是供客人使用的主要建築。可以讓我看看這裡的房屋格局嗎？這裡大概能住多少人呢？」

「哦，好的，那我來帶大家參觀一下吧，畢竟這裡也是大家今晚要住的地方。」

父親踏進走廊，大家魚貫跟在身後。

會客室的對面是伯父的房間。

進門後，首先映入眼簾的是正面架上擺放整齊的葡萄酒和威士忌酒瓶。伯父在本島住宅的酒類收藏更加驚人，這裡不過是他從收藏中帶來的一部分而已。

島上無法控管溫度和濕度，並不適合儲藏酒類。這些酒如果已經在這裡放置多年，可能都已經變質了。

房門上掛著山岳照片的月曆，上面的時間還停留在五年前的七月。

右側牆壁上掛著斧頭和仿真刀等嚇人的裝飾，旁邊還有擺放著幾十本翻譯小說的書架。

「令兄真是一位興趣廣泛的人啊。」

聽到野村小姐這麼說，父親點頭表示同意。

「是啊，他有的是錢，所以好像涉獵了不少領域。不過他這種喜歡收藏武器的行爲，我一直覺得有點孩子氣。除了這些，他好像還有其他不少收藏。」

父親打開了斧頭底下的收納箱，裡面居然是一把迷彩圖案的十字弓。

「——你們看，他還有這種東西呢。不知道他到底打算拿來做什麼，射野鳥嗎？」

「啊！十字弓可能不太妙喔。」

看到十字弓的藤原先生發出驚呼，嚇了我們一跳。

「爲什麼會不太妙？」

「因爲發生了一些問題，十字弓在前陣子變成了管制品，現在光是持有就算違法了。」

「什麼？」

父親顯然不知道，我也是第一次聽說。畢竟十字弓這種東西跟我的生活完全沒有交集。

「如果被發現持有十字弓，會有麻煩嗎？」

「畢竟這是令兄的遺物，我想不會有人來追究大室先生的責任吧。不過無照持有這東西，終究還是不太好。」

當然，我也不認爲繼承伯父遺物的家屬會因此被追究責任。伯父也只是因爲行動不便，才來不及在管制實施前處理掉十字弓，不能說是誰的錯。

父親掏出手機搜索「十字弓、管制」，確認了藤原先生的說法。

「真的呢，這個東西必須在期限前處理掉啊。」

父親沉吟著把十字弓扔回了收納箱。

箱子裡還有一打以上的碳纖箭。

看到碳纖箭鋒利的箭頭，我覺得十字弓確實該受管制。畢竟十字弓看上去殺傷力完全不亞於手槍，如果被射中，肯定一擊致命。

父親若無其事地關上收納箱的蓋子，大概是決定晚點再來煩惱如何處理十字弓。

離開伯父的房間後，大家重新打起精神，前往會客室旁邊的餐廳。

餐廳就像咖啡店一樣，房內擺放著四張四人座圓桌。面海的一側有一扇大大的落地窗，窗外是一個露台，露台上還有固定住的桌子和長椅。

餐廳有著挑高的天花板，落地窗上方還嵌著古典的彩繪玻璃。

「這地方真的很不錯啊，結構也很結實。通常來說，島上常年受海風吹拂，風勢又強，建築容易損壞。不過看這個狀況，這棟房子應該還能再撐個五十年都不是問題吧？」

野村小姐一邊撫摸落地窗旁的柱子，一邊說道。

父親像是突然想起了什麼，拍了一下膝蓋。
「啊，對了，澤村先生，發電機已經發動，現在可以用冰箱了。」
「哦，太感謝了，容我借用一下冰箱。綾川，妳也一起來。」
兩人返回會客室，抱著帶來的保冷袋和裝著飲用水的背包回到餐廳。
餐廳進門後的右手邊，有一扇通往廚房的門。父親打開門，讓拿著東西的兩人先進去，其他人也跟著進入了廚房。
「哇，好大的廚房，眞厲害。」
澤村先生喃喃讚嘆。
這間廚房大約五坪大，中央是採用紅褐色木材的廚房中島，嵌入了特別訂製的流理台和瓦斯爐。靠牆的位置擺放著兩台分別是七百公升和三百五十公升的冰箱，旁邊還有放著烤麵包機和微波爐的檯子。磨砂玻璃門的餐具櫃裡，擺放著成套的古董高級餐具。
插上冰箱的插頭後，澤村先生和綾川小姐開始把超市的飯糰、鹹麵包、便當和甜點等食品放進冰箱。雖說只是兩天一夜的旅行，九人份的食物分量也是不容小覷。
父親打開廚房的水龍頭，水管發出了腹痛般的咕嚕聲後，猛然噴出水花。
「哦，水出來了。這裡的水有過濾處理到可以飲用的程度。不過濾水器已經有五年沒保養了，可能還是不要喝比較好。畢竟你們也有帶水來嘛。」

濾水器五年都沒保養？

這句話開始讓我覺得不對勁，違和感逐漸放大。

據我所知，伯父最後一次來島上大約是在五年前，之後島上就任憑荒廢，無人到訪。

然而，洗衣間卻擺著幾罐看起來並不算舊的汽油桶，而且——

「爸，你不覺得有些奇怪嗎？伯父應該都會把東西收好吧？」

我指著廚房的流理台說道。

流理台上放著幾個義大利麵醬和魚罐頭的空罐。罐子都沒洗，乾掉的醬汁黏在罐頭上。

「應該是有誰來過吧？可能是脩造老弟找來的管理員吧？這麼大一間別墅，完全放著不管也是挺讓人擔心的。」

矢野口先生用一副不用大驚小怪的口吻說道。

聽他這麼說，確實有道理。伯父這麼用心打造小島，找人來管理也很合理。伯父也不見得會特地告知父親。

只是管理員會這樣隨便亂丟垃圾嗎？還是認爲伯父腿腳不便，不會再來島上，所以不怕被發現？

我打開冰箱旁邊的垃圾桶，立刻聞到一股淡淡的異味。垃圾桶裡塞滿了裝熟食或麵包等的骯髒包裝袋。

不知道屬於誰的垃圾使人噁心不快，讓我連忙蓋上垃圾桶。

廚房最深處有一個食品儲藏櫃。父親打開櫃門，將裡面的東西一一拿出來，放到流理台上。只見儲藏櫃裡存放了大量的食物，有罐頭、咖哩或燉菜的調理包，還有白米等。

父親查看了包裝上的保存期限。

「日期還算近，這不是大哥買的。」

我也拿起了一包三百公克包裝的白米，發現是今年才精製的米。

從儲藏櫃陸續取出的各種食品，逐漸給人一種不祥的氣息。

在伯父不再來到島上之後，顯然有某個陌生人曾經住在這裡。

對方究竟是誰？按照我們剛才的推測，可能是伯父委託來管理這座島的管理員。即便如此，留下來的食物也太多了。這麼大量的食物彷彿是爲了長期居住而準備的。而且對方既然留下這麼多食物，顯然是打算還會再回來。這位不明人士到底在這座島上做什麼？

「但願不是非法入侵就好了。哎，也許對方有徵得令兄的同意呢，我們之後再來考慮保全方面的問題吧。其實眞要的話，可以安裝那種打開窗戶或門，就會發出通知的保全系統，只是這裡的電力問題比較麻煩。」

野村小姐積極地尋找發揮工作長才的機會。

也許事情很單純，只是某位伯父的朋友暫時借住在這座島上而已。

然而，殘留在別墅內的生活氣息，總讓人感到一絲不祥。有別於伯父房間裡的十字弓，帶著一種難以捉摸的詭異感。畢竟島上生活雖然不便，但是對於另有隱情的人來說，這座島可說是理想的藏身之所。

離開餐廳後，我們檢查了洗衣間旁邊的廁所和浴室。衛浴設施都鋪著仿大理石的瓷磚，使用上看起來沒有任何問題。不明住客沒在這裡留下任何使用痕跡。

後門附近有一個儲物間，狹小的房間裡只有幾雙長靴、藍色防水布、彈力繩和用過的包裝材料。

剩下的房間是臥房。

別墅在一樓有兩間臥房，二樓則有六間。這些房間都像商務飯店一樣，房間內擺放著床、小巧的桌子和椅子。大大的窗戶爲了隔絕風聲，用的是厚重的雙層玻璃。

每個房間內都掛著時鐘。時鐘本身是復古風格的電波時鐘，電池都還沒耗盡，顯示著正確的時間。

一樓的兩間臥房都是四坪大，每間房只有一張床。

我們進房一看，發現兩間房的床單都被弄得一團亂，顯然被人睡過。

上一位住客的邋遢程度讓我們一陣目瞪口呆，我們返回玄關大廳，走上通往二樓的樓梯。

二樓的格局很簡單：一條走廊往中央延伸，走廊左右各有三扇門，通向格局相同的臥房。這裡的房間比一樓的稍大，每間房有兩張床。

我們打開左側走廊上，靠近樓梯口的第一間房間。裡面的床鋪也被人睡過，地板上還隨意扔著髒掉的工作服。

「眞是的，對方到底在這種地方做什麼啊？」

父親用手指捏起沾滿機油的褲子，出聲抱怨。

這些臥房會是我們今晚休息的地方，看到這些來歷不明的物品，實在令人不舒服。

「眞抱歉，不過房裡應該還有沒用過的床單。大家就寢時，可以將就一下嗎？」

「哦，那是自然啦。住飯店也是一樣，要在不知道誰住過的地方過夜嘛，不是嗎？」

澤村先生觀察眾人的表情，只聽大家回以「嗯」或「也是啦」等消極的回應。

大家似乎並不太在意弄亂別墅的是誰。

畢竟這件事想也沒用，大家也沒有線索，只能認爲應該是伯父的某個熟人。

只是我依舊感到不安。當我想像偷偷潛伏在這座小島上的人時，想像出來的都是犯罪者的模樣。

曾幾何時，到島上時那股懷念的心情已經煙消雲散。

要是沒來就好了。沒到島上的話，我對這座小島的回憶，就不會被荒蕪不安的景象取代。至於什麼度假村計畫，讓大人們隨便決定就好了。這座島對我來說，已經不復存在了。

就在這時，我無意間和綾川小姐對上視線。她向我投來意味深長的眼神。

她在勘查過程中一直保持低調，默默聽著其他人的對話。

大概因為先前的簡短對話，我覺得在場眾人中，只有她察覺到我心中的感傷。除此之外，從她臉上的表情看來，我覺得綾川小姐也和我一樣，對之前住在這座別墅的人抱持懷疑。

綾川小姐不發一語，看來只能讓父親和澤村先生主導事情的走向。

我們把二樓剩下的五間臥房檢查了一遍。其他房間的床鋪都整理得整整齊齊，沒有使用過的痕跡。

我們回到了玄關大廳。

「謝謝各位，別墅大致上就是這個樣子。」

父親揚起靦腆的笑容作結。簡單看過一遍房子之後，除了後門的金屬零件老化，讓門有點難開之外，房子的整體狀況還算良好。

「哎呀，太感恩了。這裡比我預期的更適合接待客人。我想想，我們有八間臥房，然後總共有十四張床。想要的話，還可以再多準備幾套棉被，這樣可以容納不少人呢。」

「其實可以再住更多人喔，別忘了還有小木屋。加上去應該可以容納二十人以上。」

「哦，對，說得沒錯。我們這就去看一下小木屋吧。」

澤村先生一邊說著，打開了玄關大門，確認外面天色。

染紅水平線的夕陽在島上灑下熾烈的餘照。如果動作不快點，天色就會暗下來。

「好，那我們就動身吧——里英，小木屋的鑰匙在哪裡？」

「我想應該在伯父的房間吧。」

伯父習慣把串在棕色牛皮鑰匙圈上的鑰匙串，收在自己房間酒櫃底下的抽屜裡。鑰匙圈上串著小木屋和工具小屋的鑰匙。伯父每次來到島上，總是先來別墅取出鑰匙，再去開其他屋子的鎖。

「里英，去拿一下鑰匙。」

父親似乎對鑰匙的位置沒有概念。我一個人沿著走廊走向伯父的房間。小時候，我很喜歡見伯父，在島上的時候幾乎都黏著他，所以鑰匙的位置我也記得很清楚。

抽屜有三層，鑰匙應該就收在最上面那層抽屜的深處，放在不鏽鋼的菸灰缸上。

——然而，當我打開抽屜時，鑰匙卻不見蹤影，菸灰缸空空如也。

抽屜裡只有一些文具和手錶錶帶之類的小東西。我把三個抽屜都找了一遍，還是找不到那串鑰匙。

「爸，沒看到鑰匙啊。」

我回到玄關大廳，向父親回報。

父親正在端詳從自己包包裡拿出的鑰匙，上面串著六把凹槽鑰匙。

「咦？找到了？鑰匙是放在哪裡？」

「沒找到。這是放在你伯父家裡的另一串鑰匙。上面什麼都沒寫，我也不確定是不是這裡的鑰匙，以防萬一就順手帶來了。」

「應該就是那串鑰匙吧？我記得小木屋的鑰匙好像就長那樣。」

父親手中的鑰匙恐怕是備用鑰匙。原本應該在這裡的牛皮鑰匙圈，要麼是伯父把它收起來了，要麼是被先前住在這裡的人帶走了。

「算了，等回去之後，我再去妳伯父那裡好好找找看——各位，好像就是這串鑰匙。我來替各位帶路吧。」

父親帶隊，領著大家走出玄關。

六

海風吹拂不止，高聳的芒草隨風飄搖。斜陽映照在搖曳的芒草上，彷彿整座島嶼都在燃燒。

我們率先前往蓋在小島中央的工具小屋。我們決定先到工具小屋，再巡視其他小木屋。

我走在隊伍最後面，綾川小姐慢下步伐，走在我的身旁。

「鑰匙不見了嗎？」

她低聲詢問。

「對，不知道爲什麼，鑰匙不在伯父平常放鑰匙的地方。」

「是嗎，感覺有點奇怪吧？會不會是之前住在這裡的人把鑰匙帶走了？對方到底在這種地方做什麼呢？」

綾川小姐果然也覺得不對勁。

走了一百多公尺，我們來到工具小屋前。

與別墅及小木屋相比，工具小屋顯得相當簡陋。小屋本身是用節疤斑斑的杉木蓋成的平房，屋頂是鐵皮屋頂。窗戶和小木屋一樣，都是遮雨板緊閉。小屋的周圍是粗糙的石鋪路面。

在小屋門前的地面上，有一個約一平方公尺的上掀蓋。蓋子是鐵製的，上面油漆剝落，鏽跡斑駁。

「這裡其實有個地下室。不過與其說地下室，應該更接近地下儲藏室。各位請看。」

父親拍掉鐵蓋上的紅土，抓住把手，掀開蓋子。

只見一個充滿灰塵的昏暗地下室出現在我們眼前。一把摺疊式腳踏梯靠著混凝土牆面，髒兮兮的藍色防水布、破掉的紙箱、缺損的磚塊和壞掉的摺疊桌等隨意堆放在地面上。

「我大哥當初蓋這個地下室，是想把這裡當成地下儲藏室使用。他想在小島中央有個廣場，才特意把儲藏室蓋在地下。不過蓋好以後他才發現，這樣東西拿進拿出很麻煩，而且一下雨就會滲水，用起來根本問題一堆。他後來又想要一個有屋頂的工作空間，就在地下室上方，加蓋了這間工具小屋。」

地下室的地板上看得到積水。儘管鐵蓋還有加裝墊圈防水，但在暴風雨之後，似乎還是無法完全避免滲水。

我從未進過地下室。還小的時候，我就被告誡說沒固定住的腳踏梯很危險，所以不能靠近地下室。由於整座島上，唯獨這個地下室給人一種冰冷陰森的印象，我自己對這個地下室也有點害怕。

父親砰的一聲關上鐵蓋，開始試著用帶來的鑰匙串打開工具小屋的門鎖。

「裡面也沒什麼了不起的物品，大概就像海邊的出租店那樣，堆著幾艘摺疊式的橡皮艇和釣竿之類，再來就是一些工具和工作台而已。如果要對外營業，這邊應該會拿來當作管理事務所吧——」

第三把鑰匙成功打開了工具小屋的門。

小屋的門一開，我就察覺不對勁。

從工具小屋內傳來一股奇妙的味道。

這股味道十分陌生，恐怕是某種化學藥品。聞起來氣味刺鼻，令人不快。

「嗯？這是什麼味道？」

父親和其他人也察覺到異樣。裡面顯然放著不該存在的東西。

父親按下了工具小屋門口旁的開關，裸露的燈泡球亮起，小屋內異樣的光景頓時呈現在我們眼前。

地板上堆滿像沙包一般沉甸甸的塑膠包裹，數量多到一路堆到天花板。小屋內的七成空間都被塑膠包裹占據。

橡皮艇和釣竿被塞到角落。工作台也從原本靠牆的位置被移到中央，上面放著不知名的物體。

工作台上的物體看似機械，工具箱大小的木箱連接各種線路，還有類似天線的東西。從牆壁延伸過來的延長線一路連到工作台。上頭還放著汽車電池、機型看起來有點舊的行動分享器、智慧型手機，甚至還有裝著藥品的瓶子。地板上則是堆著幾個髒兮兮的大水桶，以及攪拌用的棍子。

澤村先生跟在父親身後，一腳踏進工具小屋。

「令兄是在這裡做什麼——？」

「不不，怎麼可能。我大哥再怎樣也不可能做這種事。」

儘管父親嘴巴上說「這種事」，但工具小屋內到底在進行什麼事，目前尚不明瞭。

只是我直覺地感受到，眼前一切絕對不是什麼好東西。

別墅內髒亂景象帶來的違和感，現在似乎找到了答案。我之前懷疑帶著大量食物潛藏在島上的人可能與犯罪有關，看來工具小屋內的物品就是問題的解答。

工具小屋被神祕的物品占據，無法讓所有人都進去。大家只能輪流站在門口，看著室內彷彿突然連接到異世界化學實驗室的奇妙景象。

草下先生一臉困惑地靠近工作台，輕輕拿起那些奇妙的機械、手機、分享器，以及汽車電池，放在工作台上翻看一陣子後，他回頭望著大家。

「這是炸彈。」

——炸彈？

「這個機械應該就是引爆裝置吧？這些想必就是炸藥。」

草下先生揮手比劃堆滿整個房間的塑膠包裹。

大家對草下先生的推測毫不吃驚。

只要想想這些東西的用途，就只能推導出一個答案。

然而，我到現在還是覺得難以相信。不論是炸藥，還是引爆裝置，都不是一般人會在現實生活中親眼見到的東西。

草下先生打開木箱，給大家看裝設在木箱內側，看似現成產品、大約馬克杯大小的機械裝置。他指著這個裝置，爲大家解釋。

「這裡有一個智慧電子鎖。」

「智慧電子鎖？」

父親反問。

「對，現在不是有可以用手機開關門的鎖嗎？裝在這裡的就是那樣的電子鎖。然後這裡不是還有一個管狀物連接在電子鎖上，只要鎖一動作，就會跟著動嗎？」

智慧電子鎖的鎖舌上裝著鐵絲，設計成只要鎖舌一動，就會透過複雜的齒輪，帶動棕色的管狀物。

「這個東西就是雷管。只要鎖舌一動就會引爆。不論身在何處，都能透過手機引爆。」

可眞是方便的設計。

草下先生接著用手指劃過灑滿桌上的白色砂狀物。

「這應該是硝酸銨吧。嗯，多半沒錯。我在土木工程的現場工地見過，只要與油類等混合，就能製成炸藥。」

「這裡的全是炸藥嗎？」

澤村先生朝工具小屋內攤開雙手比劃。

「應該是吧？雖然好像有不同種類的炸藥。考慮到聞到的奇怪味道，引爆劑有時也會需要用到其他炸藥，說不定還有三硝基甲苯呢？」

草下先生試著稍微扯開身旁塑膠包裹的封口，但又迅速縮手。

「——不，還是別碰比較好。也不知道這裡到底有什麼。」

如果草下先生所言正確，這些想必不是爲了土木工程而準備的。畢竟選擇將這些東西偷偷藏在私人島嶼上的行徑委實可疑。

這些炸彈是爲了犯罪，而且是爲了進行恐怖攻擊而製造出來的。

雖然無法確定之前住在別墅的人是否就是犯人，抑或是這些炸藥還會再轉交給恐怖組織，不過準備炸彈的目的，除了恐怖攻擊以外，實在別無其他可能性。

「這些真的是炸藥嗎？不管怎麼說，數量多得太誇張了吧？讓人難以置信。」

小山內先生提出疑問，彷彿想把眾人拉回現實。

我們沒有確切證據，能夠證明眼前這些東西是炸彈；也沒有安全方法，能夠確認這些大量神祕包裹背後的眞相。

然而，如果這些不是炸彈，這間工具小屋內的一切又要如何解釋呢？

海風愈來愈冷，太陽逐漸沉向海平面。夕陽近乎鮮紅的原色，讓我產生了一種錯覺，彷彿這一切都只是日落前的幻影。

大家也都像是被眼前景色蠱惑，一時之間無人說話。

在天色暗下來之前，綾川小姐提出了非常實事求是的見解：

「我覺得這些炸藥應該都是眞的。剛才走到這裡來的路上，我注意到埋在地面的石頭有燒焦的痕跡。因爲是石頭整體都變得焦黑，看起來不像是菸蒂留下的痕跡。如果不是被大火燒過，應該不會產生這種情形。而且這座島的雜草生長狀況也有點奇怪：北邊的雜草茂密到沒有立足之地，南邊的雜草卻相對稀疏。說不定是南邊曾經進行過什麼實驗。」

在南邊進行實驗的話，所謂的實驗就是——

我們回頭看向工具小屋。

「——妳的意思是說，雖然不知道是爲了測試炸彈的威力，還是爲了確認引爆裝置能否正常運作，這些人進行過爆破實驗？所以才會導致這一邊沒什麼雜草嗎？」

面對父親的提問，綾川小姐點了點頭。

這麼一說，雜草的生長情況確實不太自然。如果南邊曾經進行過爆破實驗，就能解釋這邊的雜草爲什麼這麼稀疏。

我們愈來愈難以否認，工具小屋裡就是炸彈。

炸藥的數量實在太過龐大。這些人在進行爆破實驗的時候，大概有調節分量，以免影響到房子。假使工具小屋內的炸藥全都爆炸，不知道會有多大的威力？

澤村先生回過神似地詢問：

「大室先生，其他間小屋沒問題嗎？」

「啊！對，說得也是。」

各間小木屋依舊門窗深鎖，遮雨板緊閉。

七

下午六點，太陽已然西沉，枝內島籠罩在深藍色的夜空之下。冬季明亮的一等星和還差三天滿月的盈盈圓月在夜空中閃耀。

確認過五間小木屋後，我們返回別墅。

我們把三張圓桌集中在餐廳中央，讓大家都能圍坐在一起。每個人面前都擺放著澤村先生準備的燒肉便當和瓶裝綠茶。便當只需拉扯底部的棉線就能加熱。

儘管餐點都準備好了，卻沒人動手吃便當。大家的心思全都在別墅外面。

「沒想到有那麼多炸彈，眞是令人吃驚。」

澤村先生一邊用綠茶潤喉，一邊感嘆。

我們在五間小木屋見到的光景，和工具小屋基本相同。

雖然沒有看到引爆裝置，但每間小木屋裡都堆著不知多少噸的炸藥。由於天色已逐漸昏暗，這些物品又太過危險，我們便沒再進一步調查細節，而是再次鎖門後返回別墅。

「今天要怎麼辦？我們是說好明天才請人來接我們吧？船長也說他傍晚以後就沒辦法過來。現在報警的話，這個時候還有辦法派人到這裡來嗎？」

「這──」

面對野村小姐的提問，父親難以定奪地陷入沉吟。

這下換小山內先生開口：

「急著叫警察來也沒用吧？天都黑了，就算警方現在趕來，也沒辦法處理吧？」

「嗯，也是啦。那些炸彈至少也都放了幾個月吧……」

島上的使用痕跡至少都是兩個月前留下的，島上這段期間應該都是處於無人狀態。

因此，父親表示今晚應該不用擔心會突然發生爆炸。

「怎麼辦？應該只能等到天亮再說吧？」

澤村先生詢問父親的意見。

我內心一陣錯愕。爲什麼大家都不打算馬上處理炸彈的問題？

「我覺得不如先打電話給警察吧？」

「嗯？」

父親困惑地皺眉。

「雖然不知道警察能不能馬上過來，但還是可以問問看吧。說不定警察會告訴我們該怎麼做。」

「對呀，早點報警可能比較好。」

綾川小姐附和我的提議。

然而父親依然猶豫不決，似乎對這個建議有些抗拒。

「不過啊，里英，如果要聯絡警察，我們可能要慎重一點，不然會惹禍上身。」

惹禍上身？

我一開始還不明白父親在說什麼，接著才意識到：這座島屬於伯父所有。如果這裡被發現藏有炸彈，伯父可能會被懷疑涉入其中。

不只如此，別墅裡還有非法持有的十字弓，而十字弓的持有人毫無疑問是伯父。要對警察解釋事情會很麻煩。如果不小心說錯話，被懷疑就糟了——父親擔心這一點。

雖然我能理解父親的顧慮，不過我們最終都還是得報警。

然而，父親卻想延後面對這件事。說不定他正在考慮能否在報警前處理掉那把十字弓。

我對父親的優柔寡斷感到不滿，但也不想在眾人面前和家人爭吵。

「反正就算現在報警，也不一定會有什麼進展。不如先等到明天再說吧。」

「嗯，我也這麼覺得。」

藤原先生和小山內先生紛紛出聲。父親也點頭稱是。

「那就先等明天天亮之後，再考慮該怎麼做吧。反正早上我們也要叫人來接我們。」

澤村先生說道。

這趟旅行的主辦者是父親，大家大概是決定尊重他的意見。

不僅如此，大家似乎也不太擔心炸彈的事情。長途跋涉讓人疲憊不堪，無法認真擔心如此超乎現實的事情。

大家就這樣令人難以置信地，決定在裝滿炸彈的島上過夜。

大家終於開始吃起便當。

大家吃飯時的話題都是與這座島無關的閒聊，開發計畫也避而不談。

只有我和綾川小姐不曾加入大家的對話，只是默默聽著大家談論最近新聞中的事件，或是進口材料價格上漲之類的無趣話題。

等到所有人都吃完便當，父親終於說出他心裡一直在意的事。

「說起來，今晚的房間安排還是個問題。我本來打算請大家在小木屋過夜，但現在看來是不行了——」

小木屋裡滿是炸彈，自然無法讓人休息。

別墅裡有八個房間，因爲移動床到其他房間是個大工程，我們九人之中，有人會需要和別人睡同一個房間。

父親環顧餐桌，隨後裝作恰好發現的樣子，刻意將目光停留在綾川小姐身上。

「——綾川小姐，可以的話，妳今晚能和我女兒住同一間房嗎？」

父親毫不意外地又問了神經大條的問題，我不禁想翻白眼。

在我們九個人之中，如果有人必須和別人同睡一間房，組合自然有限。大部分的人都是初次見面，而且父親自己也很清楚，要是提議自己和我同房，肯定會被我一口回絕，所以他才會提議讓我和比較談得來的綾川小姐同房。

然而父親用這樣的方式請求，讓綾川小姐根本難以拒絕。父親本可問一句「有誰願意和別人同房嗎？」就好。好比說不動產公司的藤原先生和小山內先生，他們對同房睡應該也沒什麼意見。

我擔心起綾川小姐怎麼想，不過她並未表現出困擾的樣子。只見她對這個提議堆起滿面笑容。

「好啊，里英不介意的話，我完全沒問題。」

她朝我瞥了一眼，似乎是在詢問我的意願。

「喔，好啊。那就住同一間好了。」

老實說，我的內心其實與冷淡的回應相反，對此開心不已。考試的壓力、島上的改變，以及炸彈的存在，在在都讓我心緒紊亂。我最近本來就有點失眠，要是讓我一個人睡在久違的別墅房間裡，我肯定整晚都會被無盡的焦慮折磨。

如果晚上的這段時間，我能找綾川小姐聊聊，轉移一下注意力，絕對會有幫助。

同房的人選決定後，接下來就是討論怎麼分配房間。我和綾川小姐被分配到二樓左側最裡面的房間。

「我明天早上來去散個步好了。在這裡散步肯定很舒服。」

草下先生悠哉地這麼說。

八

晚上九點，到了準備入睡的時間。

打開房門後，房間內有兩張床，一張靠近門口，另一張位於裡面靠牆。我睡的是裡面靠窗的那張床。

綾川小姐用卸妝棉卸妝之後，脫下衣服，快速地用濕紙巾擦拭全身，然後換上她帶來當睡衣的運動服。看得出她很習慣戶外活動。儘管浴室有供應熱水，綾川小姐還是客氣推辭，沒有去用。

我稍早前也曾走到浴室前，打算去沖個澡，但是門口擺著藤原先生的黑色運動鞋。看到浴室有人在用，懶得等的我就放棄了洗澡的念頭。

我向綾川小姐借了卸妝棉和濕紙巾，仿效她的做法，把身體擦了一遍。雖然有些難爲情，我還是換上了傻氣的小花睡衣。

我沒想到會和人同房。早知如此，我也該帶運動服來才對。

就寢準備一切就緒，我們朝向對方，各自坐在自己的床上。

綾川小姐坐在床上，懶洋洋地伸了個大大的懶腰，大概是關掉了職場模式，流露出彷彿在自家的放鬆姿態。

「要是把『久違去親戚的小島一趟，結果發現那裡成了恐怖組織的倉庫』的影片上傳，肯定會在網路上瘋傳吧。」

「絕對會爆紅吧——咦？里英有在上傳影片嗎？」

「不，我從來沒試過。應該說，我也不會去上傳。我猜影片應該會被大家撻伐，說怎麼不快點報警。」

「也是呢。」

和綾川小姐兩人待在一起，就愈發讓人感受到在島上過夜的想法有多異常。

「其實我也不是不能理解妳父親的感受。畢竟三週前，他哥哥才剛去世，沒想到來島上一看，卻發現到處都是炸彈，當下自然會萌生想逃避的心情。」

父親確實在逃避現實，所以他才無法下定決心報警。

伯父究竟和製造炸彈的人有什麼關係呢？父親最在意的想必就是這個問題。希望製造炸彈的人只是剛好得知伯父腿腳不便，小島無人看管，便擅自使用這裡。

要是伯父只是一無所知地把這裡租借給別人，這樣倒也還好。萬一伯父是在知情的情況下，與恐怖組織有所往來，問題就大了。到時候公安警察不知道會不會上門搜索，調查伯父的遺物？

想到後來，我也被父親影響，跟著擔心了起來。

另一方面，我也的確遲遲難以感受到留在島上的危險性。

塑膠袋裝的炸藥看起來和業務用麵粉沒兩樣，引爆裝置也和電視劇不同，沒有顏色刺眼的鮮豔線路。

雖然從情況來看，我們看到的無疑是炸彈。不過下意識中，我還是覺得伯父房間裡的十字弓更危險。

「可以問一下妳伯父是個怎麼樣的人嗎？」

「啊，可以呀。不過和伯父在一起的時候，我還很小，所以不是記得很清楚。」

伯父是個聰明豪放，有點神經大條又厚臉皮的人。聽說他精於節稅，似乎還曾經成功賴帳不還錢。

我對伯父的印象最深刻的，是在我小學五年級發生的事情。

當時是暑假，我一個人睡在二樓的臥房，半夜突然醒來。

因爲悶熱得睡不著，我就決定偷偷下樓去喝冰箱裡的果汁。

走過黑漆漆的走廊，推開廚房的門時，我看到伯父正在把製冰盒裡的冰塊倒進碗裡。

「嗯？怎麼了，睡不著嗎？」

轉過頭的伯父出聲問我。我點了點頭。

「要吃點什麼嗎？」

「我口渴。」

「想喝什麼？」

「——柳橙汁。」

伯父從冰箱裡拿出瓶裝橙汁，倒進切割玻璃杯裡，還加了冰塊。換作爸媽的話，絕對不會讓我在半夜喝柳橙汁。

「這些冰塊是用來做什麼的？」

「這是用來冰鎮葡萄酒的。」

伯父把碗和袋裝綜合堅果放在托盤上，端著托盤走向他的房間。

夜晚的靜謐讓我感到有些寂寞，我決定跟在伯父的屁股後面。

我在伯父的房間裡，一邊喝著柳橙汁，一邊拘謹地吃著堅果。伯父用不太熟練的口吻問我學校和功課的事情，我也盡力認真地回答。

「——那個很貴嗎？」

伯父正打算開一瓶貼著棕色標籤的葡萄酒。

「這瓶嗎？大概七十萬元吧。」

「好厲害啊。」

伯父用試探的眼神看著我。

「要喝一點試試看嗎？」

「可以嗎？」

「絕對不可以讓妳爸媽知道喔。」

伯父從架子上拿出品酒用的小杯子，用面紙擦乾淨後，往杯裡倒了薄薄一層酒。

喝下去之後，我感覺身體一瞬間像是飄起來了一樣。

「好喝嗎？」

「不知道。」

我的頭開始變得昏昏沉沉。

「我開始睏了，我要去睡覺了。」

「是嗎？那就晚安囉。」

我爬上二樓，回房躺下，懷著品嘗到珍貴東西的滿足感及一絲罪惡感，緩緩沉入夢鄉。

我遵照伯父的叮囑，未曾把這件事告訴任何人。父母自然不用說，即使是高中同學在炫耀飲酒經歷時，我也不曾說溜嘴。

伯父已經去世了。要不要把這個故事告訴綾川小姐呢？我的腦海閃過這個念頭，不過最終還是決定守住祕密。

伯父或許不是一個特別有道德感的人，但是我認爲藏匿炸彈並不像他的作風。我向綾川小姐說出我的想法：

「伯父雖然是個怪人，但是他並不是那種會去扯上恐怖活動或是極端思想的人。」

「是嗎，也是啦。會蓋這種時髦別墅的人，感覺不會去買賣炸彈。」

綾川小姐撫摸床頭板的裝飾說道。

「嗯，不過實際到底是怎樣，我其實都無所謂。只求能平安回去就好。」

「是啊。應該不用太擔心，畢竟這裡即使出事，也隨時都能求援。」

手機訊號在別墅裡依舊良好穩定。

我遲遲難以入睡，就和綾川小姐一起看她在社群媒體上找到的貓咪影片打發時間。

「差不多該休息囉？明天還要忙呢。」

時間已經接近午夜〇點。

其他人似乎也還沒睡。雖然房子的隔音效果好，無法辨別大家在哪裡做什麼事，但是能聽到房門開關的聲響傳來。

綾川小姐拉下繩子關燈。

關燈之後，開始西傾的月亮在房間內灑落一地月光。

「不關窗簾也沒關係嗎？會不會太亮？」

「啊，沒事，我還好。」

月光雖然有些刺眼，但是我總覺得不想拉上窗簾。

我依然沒感受到半分睡意，躺著賞月可能還比較好打發漫漫長夜。

要是綾川小姐知道我失眠，可能害她費心。我還是蓋好棉被，裝成熟睡的樣子比較好。

我的心中逐漸湧起還是自己一個人睡比較好的念頭，只是這樣的想法對綾川小姐也太失禮了。不過說起綾川小姐，雖然是她自己關了燈，但是她似乎也沒馬上入睡。

我在床上悄聲呼吸，夜晚緩緩流逝。

第二章　十誡

一

醒來的時候，時間剛過早上七點。

雖然我一直都躺在床上，但是我幾乎整夜未寐，直到天色變亮，才稍微打了個盹。

我從床上起來的時候，綾川小姐正在換下出汗的運動服。

我雖然有事想問她，但是頭腦昏昏沉沉，難以清理思緒。

就在這時，走廊裡響起了草下先生的大聲呼喊。

——喂！大家都醒了嗎？不得了了，出大事了！

我和綾川小姐面面相覷。

「發生什麼事了？」

「感覺去看一下比較好。」

綾川小姐已經換好了衣服。我猶豫了一下，直接在睡衣外面穿上連帽外套，把下襬拉到膝蓋。

一出房門，只見大家都聚集在玄關大廳裡。

草下先生神情緊張，站在大門前等待眾人。

「那是什麼？」

綾川小姐指著草下先生的右手發問。他的右手握著一張紙片。

仔細一看，那張紙片似乎是伯父書房裡掛著的山岳月曆一角。

「這個我待會也會說明，不過在那之前，大家還是先來一趟比較好。」

「請問小山內先生呢？他還在睡覺嗎？」

穿著家居服的野村小姐詢問。

玄關大廳裡只有八個人，不見小山內先生的身影。

「他不在，他也不可能在。總之大家先跟我過來，你們很快就會明白了——還有請大家儘量不要交談。要是一不小心，可能就會引發大問題。」

不要交談？

到底是怎麼一回事？我看向綾川小姐，她也輕輕歪頭，表示疑惑。

我們跟在草下先生身後，魚貫走出玄關。

我們一路來到離碼頭約兩百公尺遠的小島外側，這裡正好位於與別墅相反的一側。

草下先生站在懸崖邊，指著懸崖底下。

「就是這裡，小心別嚇到摔下去。」

我們一字排開，一起往崖下看去。

陡峭的懸崖底下是一片岩石，激烈的海浪不停拍打。

一具屍體就倒在岩石上。

屍體面朝下趴著，從體格和穿著來看，看得出是小山內先生。

他毫無疑問地已經死了。一支十字弓的箭正插在他的背上。

事情再明顯不過，小山內先生被人殺了。兇手是誰？答案——

在我還沒來得及釐清思緒之前，草下先生舉起了那張月曆的紙片，展示給我們看。

「其實這個才是最大的問題。我是在大約十五分鐘前，在別墅的門口前發現了這張紙。這張紙是用圖釘釘在柱子上，是兇手留給我們的。」

紙片上用原子筆密密麻麻寫滿了字，似乎是兇手給我們的指示。

字跡方方角角的，難以辨認，大概是兇手刻意隱藏筆跡。

發現此信者，應立刻前往島上東北東方向，尋找崖下小山内的屍體。確認後，應立即召集島上所有人，並讓大家同意以下幾點規則：

一、島上所有人從今日起三天內，絕對不得離開島嶼。
二、不得向島外透露發生命案一事，及其他島上的情況，當然亦不得向警方報案。
三、返程船隻將延期至三天後的日出之後，各人當聯繫家人或相關人士，告知將延遲三天返家。請盡量不讓人產生懷疑，但不可提及島上的任何事情。
四、所有人不得持有通信設備。必須回收所有手機，裝入容器封存，只有在必要時且經全員同意後方可使用。
五、與島外的聯絡必須在彼此的監視下進行。無論是郵件還是社群媒體的交流，必須由全員確認內容，通話時必須確保所有人都能聽到通話內容。聯絡內容僅限於傳達留島事宜，以及為避免外界懷疑的必要信息。
六、島上任何人不得與他人同處超過三十分鐘。每過三十分鐘，必須離席獨處至少五分鐘。
七、不得使用相機、錄音機等設備記錄島上發生的事情。
八、所有人必須待在各自的房間獨自起居。造訪他人房間時，必須先敲門。
九、不得試圖逃跑或無效化指示。
十、不得好奇凶手身分，也不得查明其身分。不可揭露凶手身分。

若以上條款未能遵守，工具小屋內的炸彈引爆裝置將會啓動，屆時全員均會葬命於此。此張紙條請在抄寫後，立即焚毀。

草下先生一字一句朗讀出紙條，還讓大家輪流傳閱。我們花了不少時間，才讓所有人都完全理解紙條上寫的內容。

沒有人隨意開口。雖然一部分也是因爲草下先生事前的警告，不過即使沒有他的提醒，大家目睹懸崖下的屍體後，也能明白這張紙條上的指示並非惡作劇。

不久之後，澤村先生小心翼翼開口：

「雖然一口氣發生了太多事情，讓人實在難以置信——不過事情應該是這樣吧？我們當中有人用十字弓殺害了小山內先生。不知道凶手是在殺人後，把屍體推下懸崖，還是被射中的小山內先生自己失足掉了下去。

「然後，凶手的意思應該是這樣吧：我們在接下來的三天內，必須留在這座島上，而且在這段期間內，我們絕對不能找出凶手。要是我們不小心找出凶手，凶手就會炸毀這座島。是這麼一回事嗎？」

大家都盯著彼此的腳邊，沒人敢直視別人的臉。與此同時，大家也在努力消化突然擺在眼前的驚人現實。
我的頭腦也是一片混亂。
其實在來到這裡之前，我就已經模模糊糊地猜到小山內先生的屍體在懸崖底下。只要看到草下先生的樣子，就不難猜出狀況。
然而，月曆紙片上的指示，顯示事態遠比單純的殺人案更爲複雜。
我想到可以指出我昨晚和綾川小姐共用同一間房間，主張我們有不在場證明，但隨即把想法拋諸腦後。這不是普通的殺人案件，萬一擅自這麼做，不知道凶手會作何感想。
野村小姐轉頭看向小島中央。
「——總之，我們應該可以去看看工具小屋的狀況吧？只是去確認一下這張紙上寫的內容是否屬實，應該不會惹惱凶手吧？」
她一字一句地慢慢說道，同時等待大家的反應。
只要想到凶手可能手握引爆裝置的開關，她的態度可以說是理所當然。畢竟萬一不小心觸怒對方，後果可不堪設想。
大家交換了幾次眼神，試探著彼此的想法。
最後矢野口先生用彷彿在給隱形鄰居陪笑的語氣這麼說：
「應該沒問題吧？要是不行的話，凶手應該會在那張紙上寫清楚吧？」

所有人再次看草下先生手中寫著十條誡律的月曆紙片。

矢野口先生說得有道理。要是連這種事情都不能做，我們只能在這懸崖邊站上三天。

我們返回環島步道。

工具小屋的樣子乍看與昨天沒有什麼差別。

父親在眾人的注視下，握著門把試著轉動。

門並沒有打開，因為門上了鎖。

昨天我們在發現炸彈之後，便將工具小屋鎖上了。門被鎖著是理所當然的事情。

然而，門口附近似乎比最後看到時更加髒亂，沾滿了泥土。看起來像是有人在夜裡進出過的痕跡。

「大室先生，工具小屋的鑰匙呢？」

澤村先生急切地詢問。

「啊，鑰匙在——」

父親慌忙地反應過來。

昨天把工具小屋和小木屋鎖好後，父親應該是把鑰匙放進了自己的外套口袋。

由於出門時太匆忙，父親身上並沒穿外套。

「——我把外套脫下來之後，就忘在會客室了。」

「我們去看看吧。」

我們一行人急步返回別墅。

二

父親的外套一如昨晚最後所見的樣子，丟在會客室的沙發上。父親衝上去，蒼白著一張臉翻找口袋。

「——鑰匙不見了。」

父親把口袋翻開來展示給大家看。

工具小屋和小木屋的鑰匙串不見了。毫無疑問是凶手拿走了。

父親對此感到一陣暈眩。

「這都是我的錯，我從傍晚就一直把那件外套扔在這裡。我忘了鑰匙還在口袋裡，不然我應該會把外套帶回房間……」

他的聲音聽起來十分無力。

綾川小姐對看著父親的我，投以擔憂的目光。

她是在擔心我會為了父親忘掉眼下情況，做出衝動的行為。我盡可能擺出一副冷靜的表情，試圖讓她放心。

「嗯，那也是沒辦法啦——」

澤村先生顯然對沮喪的父親感到不知如何是好。

現在不是討論責任歸屬的時候，問題在於鑰匙不見的事實。這等於證實了凶手留下的指示內容。

「鑰匙不見了，是不是就代表紙上寫的內容不是在嚇我們？」

「凶手也許真的打算在必要時引爆炸彈。我們手上也沒有可以否定這一點的證據。」

澤村先生回答藤原先生。

凶手用十字弓殺了小山內先生，從會客室拿走鑰匙，設定好工具小屋的引爆裝置，然後重新鎖上門，並將鑰匙藏了起來——事情的經過就是這樣嗎？

父親緩緩開口。

「那個引爆裝置不是用手機操控嗎？這樣的話，只要不操作手機，炸彈就不會爆炸吧？既然如此，我們可以互相監視，一旦有人想用手機，我們就立刻制伏對方，這樣不就好了嗎？而且只要進行一次隨身物品檢查，就能知道誰是凶手了——」

「不不不，這樣不行！」

草下先生急忙制止父親。

「那個引爆裝置說是用智慧電子鎖來操控，對吧？這就意味著，凶手不需要開手機，也能引爆炸彈。凶手只要設定時間，把時間指定爲一小時後，或者是半天後，然後再把手機藏起來就好。要是這樣，我們根本不知道時間是什麼時候——只要有這樣的可能性，我們就不能輕舉妄動了吧？凶手顯然都想好了。」

父親的提議可能已經觸犯了第九條誡律，也就是「嘗試使指示失效」。

草下的指責讓父親渾身發抖。

或許凶手會像賴床的人設鬧鐘一樣，設定成每隔幾十分鐘就引爆，若沒發生異常情況，凶手便會解除；若有不利的情況發生，炸彈就會按照預設時間爆炸。

根據第六條誡律，我們不能待在一起超過三十分鐘，必須每隔三十分鐘就離開獨處至少五分鐘。這條誡律說不定就是爲了讓凶手有時間操作引爆裝置的手機。

「引爆裝置的手機，應該沒有上鎖吧？」

澤村先生裝成不經意的樣子詢問。矢野口先生回答他的問題。

「應該沒有上鎖吧？雖然不知道是誰準備的手機，不過既然只是用來引爆炸彈的，沒特別上鎖也不奇怪，畢竟這樣要用的話也比較快。」

「但是現在應該已經上了鎖吧。」

「是啊，應該是。」

要是現在只有凶手能打開引爆用的手機，我們若試圖抓住持有手機的人，反而可能會讓情況更加危險。畢竟是否要解除炸彈，結果還是全憑凶手決定。

引爆裝置是否處於可以隨時使用的狀態呢？製造炸彈的人會把一台能上網的手機隨意放在工具小屋裡嗎？我雖然這樣想過，不過如今有些合約方案幾乎不需要月租費，甚至還有預付卡式的ＳＩＭ卡，所以也不排除不會特意把手機帶回本土。

大家各自開始思索，房間裡陷入了一陣沉默。

疲於一直面對面待在一起，大家分散開來，有人坐在沙發上，有人倚靠在門邊，集中力逐漸渙散。從靠窗站著的藤原先生那邊，突然傳來「咔噠」一聲的聲響，大家不約而同地朝那邊看去。

藤原先生正在看從口袋裡掏出的手機畫面。

察覺到眾人的視線，他恍然意識到自己做了極其危險的舉動，哇地叫了一聲，差點把手機掉在地上。

他慌忙向大家解釋。

「——不是，我不是想聯絡誰，只是突然有通知跳出來，習慣性地看了一眼而已。我也沒解鎖手機，你們看！」

他展示了手機螢幕上的動畫平台網站通知，然後趕緊把手機重新收進口袋。

大家屏住呼吸片刻，擔心他會觸怒凶手，招來天罰。

什麼事也沒發生。想來也是，無論凶手如何看待此事，顯然也不會當場突然取出手機引爆炸彈。

藤原先生的舉動引發了澤村先生的提議。

「凶手說我們不能持有手機，必須收起手機，封存起來。至少目前先遵從這個指示吧？要是再有人不小心碰手機，後果可是不堪設想。」

指示上的確有這樣的要求。沒人提出反對意見。藤原先生差點使用手機的那一刻所帶來的緊張氣氛，讓大家別無選擇。

大家掏出自己的手機，放在桌子上。

「大室先生，有沒有什麼東西可以把我們的手機裝起來呢？」

「嗯，我去找找看。」

被澤村先生這麼一問，父親開始在別墅裡翻找。

不久後，父親找到了一個尼龍材質的後背式束口袋。

「這樣可以嗎？封印的話，我不太確定該怎麼做——」

「只要有人擅自打開就會留下痕跡就行了。大家可以在紙上簽名，然後用釘書機把紙固定在束口袋開口，這樣一旦打開，就會把紙弄破。」

綾川小姐的提議得到採納。大家從伯父房間的抽屜拿出文具，將手機封印在束口袋裡。

完成這項工作後，野村小姐提出了一個重要的問題。

「呃，我們在玄關前集合的時候，確切時間是幾點？現在應該已經快過三十分鐘了吧？我們得分開才行——」

確實如此。

大家用充滿疑慮的目光互相打量，不知道該如何是好。然而沒人敢無視凶手的指示。

首先是矢野口先生起身離開了會客室，接著是藤原先生、草下先生、野村小姐，最後澤村先生也離開了。大家似乎都是各自回到自己的房間。

會客室內剩下我、父親和綾川小姐。

「里英，妳要回房間嗎？還是留在這裡？」

綾川小姐出聲問我。我們住在同一間房，所以有一人必須留在會客室。

「綾川小姐呢？」

「我都可以。」

「——那我留在這裡好了。」

「好吧。」

綾川小姐看起來也是一臉緊張。她看向父親，敦促父親離開。

我便獨自一人在會客室待了五分鐘。這段時間實在遠遠不夠整理滿頭混亂的思緒。

沒過多久，大家就回到了會客室。

凶手在這段時間裡，是否操作了引爆裝置呢？除了凶手以外的人想必都在思考這個問題，但沒有人敢去深究。

草下先生重啓了五分鐘前的討論。

「如果炸彈爆炸了，我們無處可逃吧？畢竟不僅是工具小屋，連小木屋也有炸藥。」

一旦工具小屋爆炸，小木屋也會跟著被引爆。雖然我們無法確定炸彈的威力多大，不過炸藥至少有好幾台卡車的分量。更利於凶手的是，小木屋等間隔地分布在島上，無論我們身處何處，都無法倖免於難。

「是說，討論這種事沒問題嗎？如果凶手認爲我們在討論逃跑計畫，不就糟了嗎？」

「不，這只是確認情況，我們沒有計畫逃跑。這種程度的事情，不說清楚也不行吧。」

「可是誰也不知道犯人會因爲什麼事被踩到雷而發難吧？」

藤原先生和矢野口先生的討論，正是凶手以外的人都在憂心的問題。

我們領受到的指示只有那十條誡律而已。

對於寫著誡律的月曆紙片，眾人紛紛投以畏懼的目光，簡直就是「十誡」。

我們未必能完全照凶手的意圖來解讀這些誡律。如果無意間觸犯規則，造成引爆裝置啓動，所有人都要無謂送命。

「總覺得——很像宗教學者在討論的事情呢。問題在於要怎麼解讀『十誡』吧？要是解讀錯了，可是會造成大問題。」

澤村先生一臉苦惱地盤起雙臂這麼說，彷彿在提醒大家不要隨意發言。

「我們這樣討論也沒有用。這又不是多數人決定就好，而是要看犯人怎麼想。」

草下先生說得一點也沒錯。

「不管我們要怎麼做，先向寫下這些準則的……當事人確認，不是比較好嗎？」

野村小姐一臉不安地指向月曆的紙片。她避免使用「凶手」這個詞彙，似乎是害怕刺激到殺人犯。

「不是光靠我們自己討論，而是要求凶手降下神諭嗎？」

在這種情形下，凶手就像神一樣。大家即便對「十誡」心存疑問，也不敢表達質疑，以免招來神的憤怒。

沉默再度降臨。

綾川小姐一直默默觀望事態，此時小心翼翼開口：

「也就是說，有疑問的時候，能得到犯人的回答會比較好嗎？」

「是那樣沒錯，但是我們必須確保沒人能知道是誰在回答才行。」

對凶手來說，回應疑問確實需要冒很大的風險。

「該怎麼做才好呢。比如說——」

綾川小姐將目光停留在窗邊的玻璃花瓶上。

花瓶本身是很有別墅風情的裝飾用花瓶，裡面裝滿不知從哪處海邊蒐集來的小貝殼，以及彈珠大小的圓潤美麗石頭。

「大室先生，這裡有不透明的袋子嗎？我需要兩個袋子，最好像束口袋一樣，可以收緊袋子的開口。」

「呃？嗯，應該會有類似的吧——」

父親走出會客室，往別墅後頭走。過一會，父親帶著兩個收在洗衣間的抱枕套回來。

「這個可以嗎？」

「嗯，很適合。」

父親拿的是用黑色麻布做的方形抱枕套。一邊有拉鍊，方便拿出枕心。

綾川小姐抓了幾把貝殼和石頭，放進其中一個抱枕套後，把抱枕套放在桌上。她把另一個抱枕套的拉鍊拉開一個拳頭大小的開口後，放在前一個抱枕套的旁邊。

大家都已經隱約猜到她打算做什麼。

「我在袋子裡隨便放了幾把貝殼和石頭，我自己也不知道放了多少個。當我們有問題要問凶手的時候，何不就用這個方式來向對方確認呢？只要事先決定好答案，例如貝殼就是『是』，石頭就是『否』，犯人就能用這個方法來回答我們。」

每個人依序從抱枕套裡選擇貝殼或石頭，然後放進另一個空的抱枕套裡。除了凶手以外，大家都拿貝殼，只有凶手可以選擇石頭或貝殼。

所有人都投完票後，就打開抱枕套。如果裡面全都是貝殼，答案就是「是」；如果有石頭混在裡面，那就是「否」。

「這樣怎麼樣呢？這樣的話，應該就可以在保持匿名性的同時，向凶手提出問題。」

聽起來是一個安全的好方法。只要凶手不要不小心失手掉下石頭，身分就不會被揭穿。

「這樣的話，只能問是非題呢，不過這個做法感覺比較好。只是我們也沒辦法問凶手是否接受這種做法就是了。」

矢野口先生觀察著大家的表情說道。凶手對這個方法應該不至於有異議。

「那麼，我們先來試著問問看吧？我們只是想進一步討論現在的情況。我們並沒打算反抗，只是爲了了解現狀。這樣可以嗎？」

澤村先生朝空氣拋出問題。

他將手伸進抱枕套中，選好之後牢牢握住，放進另一個抱枕套中。

大家依序重複同樣的動作，我排在第五個。我挑出貝殼，從抱枕套中抽出拳頭時，感到一陣緊張。因爲我必須小心翼翼，避免握在手中的貝殼從指縫中露出來。

等到所有人都投票完畢後，大家拉開抱枕套的拉鍊。

只見抱枕套裡面有八個貝殼，表示凶手的回答是「是」。

「也就是說，現階段凶手對我們的行動沒有異議吧。」

澤村先生以辯解般的語氣說道。

「總之，我們來討論該討論的事情吧。大家一起努力，讓凶手和我們大家都能平安回去。我們先前在討論如果炸彈眞的爆炸，這座島上應該無處可躲。雖然答案很明顯就是了。」

「跳海逃生當然也是不可行的。」

父親出聲附和。儘管語氣聽起來像在逢迎示好，但是不爭的事實。

枝內島周圍海流湍急，我從小就被一再警告下海游泳很危險。更何況現在是十一月，海水冰冷。即便跳海逃過爆炸，生還機率也很低。更別說我根本不會游泳。

小山內屍體所在的崖底岩石區或許可以避免被爆炸波及，然而我們毫無下懸崖的手段。由於懸崖過於陡峭，需要使用繩索之類的工具。但是這些工具設備大多存放在工具小屋中，被凶手上了鎖。此外，那個懸崖附近也沒有可以勾住繩索的地方。

說起來，即使能夠下到懸崖底下，也可能會被爆炸崩落的石頭砸死。

只要人在島上，我們就無法逃離爆炸的威脅。

自從發現屍體以後，我的內心就因爲一連串難以置信的噩耗而僵化麻木，此刻卻開始一點一滴地被恐懼淹沒。這座一望無際，看似開闊的小島，居然化爲森嚴無比的牢籠，把我們囚禁其中。

所有逃生之道都已經巧妙地被凶手的縝密心思和地形巧合封鎖。我們只能接受現實，承認我們所有人的性命都掌握在凶手的一念之間。

「再來的問題就是工具小屋的鑰匙在哪裡？應該是被藏在哪個地方了吧。」

草下先生喃喃自語，看到大家的表情後連忙補充：

「——不，我只是想說，就是因爲這樣，不可能找出鑰匙解除引爆裝置。唯一的辦法就是聽從犯人的指示。」

如果我們要違抗指示，同時確保自身安全，剩下的唯一方法就是進入工具小屋，解除引爆裝置。然而我們不知道凶手將鑰匙藏在何處，也無法進行搜身檢查。凶手甚至說不定早已把鑰匙扔進海裡，畢竟即使這麼做，也不會爲凶手帶來任何困擾。

工具小屋的門十分堅固，遮雨板也緊緊閉著，要強行進屋非常困難。此外，引爆裝置也未必能輕易解除。

藤原先生抓了抓自己的一頭棕髮，向大家確認：

「凶手是做好了覺悟，如果有個萬一，即使自己會死，也要拖大家一起陪葬，對吧？」

「應該是吧。畢竟殺人的事情如果曝光，人生也就完蛋了。凶手可能認爲與其被抓，不如引爆整座島，死得轟轟烈烈。對殺人犯來說不是不可能的念頭。」

澤村先生回答了他的看法。

「——推理小說裡面不是常有這樣的情節嗎：在無法逃出的孤島上發生命案，必須靠在場的人找出犯人之類的故事。不過我們這次卻是反過來的情況吧？我們被困在這座發生殺人案的島上，在這三天的期間內都不准離開。而且在這三天裡，我們絕對不能找出凶手。如果找到了，連同凶手在內的所有人就會喪命。事情就是這樣吧？」

早已明白的事實被澤村先生這樣明言出口，讓大家都感到更加緊張。

我心下一陣不安，下意識看向綾川小姐。她從剛才開始就話不多，卻一直看著我，似乎是試圖讓我安心。

草下先生發出嘟囔。

「要我們不能找出凶手是沒問題，但是凶手自己也得小心一點。就算我們沒打算找出凶手，我們也可能會因爲凶手的失誤，意外發現凶手的身分吧？像是不小心說出只有凶手才會知道的事之類的。要是所有人都得因此陪葬的話，這可不是找碴嗎？簡直蠢透了。要我們在這裡待三天的話，凶手自己最好做好萬全準備，別讓自己露餡。」

他說得完全正確。

野村小姐提出我一直在想的問題：

「說起來，凶手到底爲什麼要把我們留在這座島上呢——呃，討論這個話題是不是不太合適？」

「應該沒問題吧？我們又不是試圖找出凶手，只是在思考爲什麼我們得待在這裡。」

草下先生雖然這麼說，不過隨著深入討論，難道不會在思考的過程中，無意間發現凶手的眞實身分嗎？

綾川小姐開口回應：

「三天的時間，說不定是用來銷毀證據所需的時間。要是接獲通報的警察迅速來到島上，凶手就會大傷腦筋。因爲這裡一旦遭到搜查，自己就是凶手一事可能就會曝光。所以凶手才想爭取三天的時間，利用這段期間銷毀證據，讓警方即使來到現場，也無法透過鑑識手段找到凶手。」

矢野口先生提出反論：

「可是具體來說是什麼？即使要銷毀證據，小山內老弟的屍體在懸崖下，凶手也不可能接近那裡。再說，凶手留下來的證據又是什麼？拿來當凶器的十字弓嗎？那種東西只要丟進海裡不就好了嗎？」

凶手拿走了伯父房內的十字弓，是不是已經把十字弓處理掉了呢？

「推測證據是什麼，可能會讓我們無意中發現凶手身分，還是就此打住比較好。不過比方說，這樣的情況是否可能發生呢？小山內先生的屍體掉到懸崖下的岩石上。正如矢野口先生所說，沒人能夠接近。爬下懸崖當然也是不可能的。大室先生，要開船接近那裡應該也很難吧？」

「呃？嗯，對，沒錯。」

被綾川小姐一問，父親結結巴巴地回答。

枝內島周圍全是岩石，碼頭以外的地方若是不小心開船靠近，就會有觸礁的危險。

「也就是說，只有警察或者海上保安廳的人，才能在配備齊全的情況下回收小山內先生的屍體。既然如此，如果屍體或箭上留有證據，面對自己所及範圍外的證據，肯定會讓凶手傷透腦筋。」

「妳是說箭上可能纏著凶手的頭髮之類的嗎？」

「是的，這只是舉例而已。雖然實際情況不得而知，不過凶手可能是擔心屍體周圍留下了某些證據。」

「所以這三天的時間，就是在拖延時間囉？讓警方無法馬上趕來，好在這段期間思考該怎麼處理證據嗎？不過即使等到三天之後，凶手也還是無法靠近懸崖底下吧？」

「確實如此，不過對凶手來說，這三天的等待說不定是有其意義的。說不定會有大浪來把證據沖走，而且各位還記得昨晚的夜空嗎？」

綾川小姐突然談起了浪漫的話題。昨晚的夜空？我記得昨晚的天空很晴朗。

「昨晚的月亮是初一過後多日的上弦月，應該再過三天左右就是滿月了。也就是說，沒過多久就是大潮了吧？只要潮水高漲，屍體周圍都浸在海水裡，應該就能銷毀證據了。凶手可能打的就是這個主意。」

我頓時覺得這個解釋頗有道理。若是凶手想要盡可能降低自己被抓的可能性，會有這樣的想法也不奇怪。綾川小姐的推測說不定其實說中了。

然而其他人聽了這個說法之後，似乎感到更加不安。

矢野口先生道出大家的憂慮：

「那種做法也太不確實了吧。就算凶手真的是打這樣的算盤，要是三天後，凶手覺得證據還沒完全銷毀的話怎麼辦？我們豈不是得一直待在這座島上嗎？」

「不，那是不可能的。我們的糧食沒那麼多，汽油也有限。」

父親對此做出回應。

草下先生也附和父親的說法。

「眞要說的話，凶手雖然是叫我們在島上待三天，不過要再超過的話，我們可能也很難從命。不是說我們要反抗凶手，只是本土有很多人都知道我們來了這座島。像我老婆就知道我來這座島，要是我一直不回去，她肯定會覺得奇怪，僱船來查看情況。如果時間拖得太長，絕對會演變成這樣。」

的確如此，母親和哥哥自然也知道我和父親來了這座島。就算我們找藉口說發生了點小狀況，會比較晚回去，這種說法大概最多也只能撐三天。

「應該說，大家眞的沒問題嗎？大家有辦法照凶手所說，和家人或者公司聯絡，確保三天不回去也不會引起懷疑嗎？」

被草下先生這麼一問，大家陷入了沉思。

沒多久之後，父親率先回答：

「嗯，三天應該還行。我只要說島上管理方面有事情需要立刻處理，應該就沒問題了。聯絡應該可以定期聯絡，而不是只限一次吧？」

指示中有提到可以聯絡本土的人，以免他們起疑，所以應該沒什麼問題。

「里英妳也沒問題吧？」

「嗯，還好，沒什麼問題。」

即使在這種時候，我還是討厭父親在外人面前表現出家人之間的親暱感。

「我應該也沒什麼問題。如果是平日可能會有點難說，接下來的三天就還好。」

澤村先生說道。

明天開始就是三天連假。要是臨時說自己無法從島上回去，恐怕難以讓職場上的人接受。這次旅行的日期對凶手，甚至對我們而言，或許都算是幸運的安排。

綾川小姐也跟著回答：

「我也沒問題。即便三天不回去，應該不會有人懷疑。」

野村小姐、矢野口先生和藤原先生也都回答說他們能想辦法留在島上。

「既然這樣——我們就照凶手的意思，要在這裡待上三天了嗎？」

草下先生的語氣中帶有些許不確定。大家默默點了點頭。

除了凶手，所有人都半信半疑。凶手真的設置了工具小屋的引爆裝置嗎？凶手真的有做好在關鍵時刻引爆炸彈殺死所有人的覺悟嗎？這一切的威脅，是否僅僅是嚇唬人呢？

我們無法相信凶手。

然而，我們也沒有服從以外的選項。若是蔑視「十誡」，降下天罰時就會造成慘痛犧牲。即便我們心中充滿懷疑，神也是不容挑戰的。

澤村先生伸手拿起束口袋，解開封印，小心翼翼拿出自己的手機。他把手機放在桌上，確保每個人都能看到螢幕後，動作緩慢地解鎖。

「我先來聯絡昨天的船長吧？我跟他說過，上午會打電話給他。我就告訴他，三天後來接我們。」

點開通話紀錄後，澤村先生點擊了幾筆紀錄前的一個號碼，並開了擴音。

「啊，你好，我是澤村。」

——哦哦！所以我今天要幾點過去接你們？

「那個，關於這件事，我們想在這裡稍微多停留幾天。」

——咦！為什麼？

對方用粗嘎嗓門發出彷彿懷疑我們神智狀況的疑問。

「我們想再多花些時間，好好調查一下這座島。而且機會難得嘛，我們想順便當作休個假，所以我們決定延到三天後再離開。」

——認真嗎？食物夠嗎？沒問題吧？

「沒問題的。總之，三天後再來接我們可以嗎？我會再聯絡你。」

——明白了，那我今天就不過去囉，三天後再聯絡。

通話結束後，大家紛紛嘆了一口氣。嘆息中夾雜著悲壯感與安心的情緒。我們成功說服船長讓我們留在島上，但同時確定了我們接下來必須在這裡忍耐三天的事實。

「對了，不好意思，我能聯絡一下我的女朋友嗎？」

澤村先生快速地說完後，打開社群媒體應用程式。點擊一位二十多歲，留著鮑伯頭的棕髮女性頭像，發了一則訊息：「抱歉，工作上有點事，沒辦法回去。下週再見。」隨後迅速關閉軟體。

在這份尷尬的氣氛中，父親也趁機舉手。

「接下來，能換我聯絡一下家裡嗎？雖然我不確定他們會不會接電話。」

父親把右手伸進束口袋，尋找他那支掛著軟木吊飾的手機。

鈴聲響了將近一分鐘，母親才終於接起電話。

「喂，孩子的媽？呃，其實呢，我們可能會晚點回去。」

——啊？爲什麼？什麼時候回來？

「這個嘛，大概三天後吧。」

——三天後！你在說什麼？爲什麼？

「呃，因為建築物有點開始出狀況，建築公司的人說最好做一些緊急的基本維修。畢竟我們也沒辦法那麼常來，對吧？」

——眞的嗎？你確定沒被騙？

父親帶著爲難的表情看了我一眼，又回頭對著手機麥克風開口。

「然後里英也說難得來這裡，想多待幾天。她最近不是一直都在用功，精神很緊繃嗎？我想說讓她放鬆一下也不錯。畢竟接下來就是她要全力衝刺的關鍵時期了。」

——去年你也是這麼說，結果就是她沒考上，不是嗎？竟然說三天？你是打算讓她休息多久？

「呃，嗯，是沒錯啦。」

父親說到語塞，於是我在他的示意下接過了電話。

「喂，媽？是我。我在這裡覺得很放鬆，所以想再多待幾天。」

——妳突然說這什麼悠閒的傻話？妳認眞點好不好？妳眞的有打算考大學嗎？

「有啊，當然有。我回去以後會認眞用功的，在這裡也會稍微讀點書。」

——怎麼可能啊，不用再講那種藉口了。你們兩個到底在搞什麼？

不知道是想不出要說什麼，還是放棄了勸我回家的念頭，母親陷入沉默。伴隨著一聲無奈的嘆息，她掛斷了電話。

我抬起頭，發現我和母親的對話與島上的緊急情況太過脫節，導致大家一臉困惑，空氣中瀰漫著一絲彷彿在路上看到小孩耍賴的尷尬氣氛。

大家的反應讓我想要逃離現場。與此同時，我驚恐地意識到剛剛那段對話說不定會成爲我和母親最後的對話。萬一母親得知，她原本以爲只是在島上偷閒的丈夫和女兒被炸得粉身碎骨，我實在不敢想像她要如何面對接下來的人生。

「里英呢？不需要和誰聯絡嗎？」

「嗯，我還好。」

其實我每週常聯絡的朋友也就兩個人，最近一次的聯絡還是在昨天傍晚。對方是我高中二年級的同學，昨天她針對我之前推薦的動畫，發訊息傳了感想：「挺有意思的，但是女主角的說話方式有點噁，整體動作也有點卡。」

若在平時，我可能會立刻回覆：「作畫沒那麼糟吧？不過我同意女主角確實有點噁。」但是昨天因爲發現了炸彈，我根本沒心情回覆。

沒回應可能會讓朋友覺得有點奇怪。不過她並不知道我在這座島上，區區三天不聯絡也不成什麼問題。況且我也實在沒心情在眾人的注視下，回訊息大談動畫。

「雖說接下來很難說，不過我現在也還沒有非聯絡不可的人。」

綾川小姐跟著表示自己還好。

接下來，草下先生和野村小姐分別打了電話。

對於草下先生要因爲工作三天不回家的消息，他的太太並沒有任何疑問或不滿，就這麼接受了。

野村小姐是單親媽媽，她把還是小學生的兒子寄放在妹妹夫婦家中，原本只打算住一晚。她請求妹妹，表示因爲工作因素，希望再照顧兒子三天。

野村小姐和妹妹的對話，聽著讓人十分心疼無奈。

——什麼？眞的是工作嗎？妳不是當成出門玩了吧？妳這樣我很傷腦筋啊，我們家又不大。妳要知道，妳們家小翔在我們家，就會讓沙彩很不高興。她說小翔老是隨便進她房間，還亂拿她的東西。小孩要帶來我們家之前，拜託能不能先管教好啊？要罵別人家的小孩，眞的讓人壓力很大。

野村小姐的妹妹嘮叨不休地抱怨了五分鐘之久。平常看起來幹練果斷的野村小姐，只能對著電話另一端不斷重複：「對不起，就這一次，再三天就好——」

我們必須在場聽著這通對話。因爲我們必須按照凶手的指示，確保沒人偷偷向外洩漏島上的異狀。

最後因爲野村小姐實在無法回去，她妹妹還是答應幫忙照顧她兒子，通話就此結束。

「眞不好意思。」

野村低聲說道。

接下來剩矢野口先生和藤原先生了。藤原先生表示自己暫時沒有要聯絡的人。矢野口先生則說著工作上想先聯絡一下，於是拿出手機放在桌上，滑動手指解開圖形鎖。

正當他要點開電子郵件應用程式的時候，他似乎改變主意，關掉了螢幕。

「——還是算了吧，也不是非聯絡不可，要是惹凶手不高興就麻煩了。」

他把手機放回束口袋。

「對了，小山內先生那邊沒問題嗎？雖然我們也無能爲力就是了。」

聽到草下先生的提問，大家露出赫然想起的表情。如果小山內先生的家人因爲聯絡不上他，擔心得跑到島上來，事情可就麻煩了。

「應該沒問題吧。小山內是一個人住，就算他不在，三天內應該也不會有人擔心他。」

身爲同事的藤原先生以陰鬱的語氣向大家保證。沒想到我們竟然要因爲死者過著孤獨的生活而感到慶幸。

我們已經滿足了凶手的要求。我們確實地遵守了「十誡」的第三條誡律。接下來三天內，不會有人來到這座島上。

後來每個人依次在影印紙上簽了名，再用釘書機釘在束口袋上。裝有手機的後背式束口袋再次被封印起來。

爲了確保萬無一失，束口袋被放在會客室角落的縫隙裡，旁邊是兩個呈直角擺放的大型木櫃。要拿出背包，就必須先移開木櫃。

木櫃沉重得難以獨自搬動，在搬動時，還會發出巨大聲響。如此一來，就能避免有人鬼迷心竅，想無視封印拿走手機。雖然麻煩，但是如果要使用手機，我們就必須每次都重複這一整套流程。

「──這樣凶手應該也沒有意見吧？我們要問問看嗎？」

在澤村先生的提議之下，我們再次決定請示凶手的「神諭」。

大家依次把手伸進裝有貝殼和石頭的抱枕套裡。八個人投票完畢後，打開抱枕套一看，只見裡面裝的是八個貝殼。

看來手機的封印方法得到了凶手的認可。

「那麼接下來三天，就讓我們大家一起平安渡過吧。」

我們的集會隨著澤村先生這句話解散。自從我們再次在會客室集合，時間也差不多過了三十分鐘。

三

我依然留在會客室。因爲按照規定，我至少需要獨處五分鐘。

我站在原地，發現視線像是貧血的前兆般開始模糊閃爍。我一頭倒向沙發，趴了下去。

混亂和恐懼在我的腦海盤旋交雜，讓我難以思考。我本來只是抱著緬懷童年回憶的心情而來，如今這座島卻在扭曲的道理之下，成爲困住我們的監獄。

我閉上眼睛，讓意識茫然地飄浮在眼皮後的黑暗之中。

我之所以無法接受現實，是因爲困住我們的道理感覺就像是夢境中的邏輯論理。

手機還能打通，天氣也很好，然而我們無法離開這裡。

現在這種情況，會不會就像剛醒來時那種半夢半醒的狀態呢？也許再過一會，當腦袋清醒過來之後，我就會發現一切像是逐漸消褪的噩夢記憶，所有的擔憂害怕都不過是荒謬的誤會。

然而，當我反覆思考這個非現實的狀況時，不論我從哪個角度去想，我都找不到任何理由，讓我可以忽視凶手的誡律去找船來援救。無論我多麼不願意相信，我也無法否定凶手眞的設置炸彈的可能性。

我的思緒在同一個地方打轉，每當得出同樣的結論時，我就覺得自己快要陷入恐慌。

我該怎麼辦？對了——找綾川小姐。除了她以外，我沒有其他能商量的人。父親是派不上用場的，他在這種時候幫不上忙。

我下定決心，打開了門。

綾川小姐正站在走廊上，時間已經過了五分鐘。

「里英？」

綾川小姐似乎一直在等我出來。

我環顧四周，走廊上不見其他人影，大家似乎都窩在各自的房間裡。

綾川小姐關切地望著我，爲了避免被周圍聽見，壓低聲量說道：

「妳還好嗎？事情變得一發不可收拾了呢。」

「——是呀。我眞是不知道該怎麼辦。」

「是啊。說實話，我也有點不知所措，不過有些事情還是該好好想一想。我覺得也應該跟妳商量一下。畢竟昨晚和我睡在同一間房裡的，就只有妳了。」
她露出溫柔的微笑。
我一時之間不知道該如何回應。
遠處傳來開門聲，我和綾川小姐尋找聲音的來源，只見父親從洗衣間出現。
「啊——里英？」
父親以大剌剌的步伐朝這邊走來，似乎對我們的情況感到疑惑。我和綾川小姐站在走廊上，她看起來像在安慰快要哭出來的我。
父親的出現讓綾川小姐感到有點不知所措，只見她露出了猶豫的神情。她原本是打算和我單獨談話，現在似乎在考慮是否讓父親也加入對話。
只不過父親似乎想找我說話。當他走近到可以低聲交談的距離時，綾川小姐終於下定決心，輕聲開口：
「大室先生，你來得正好。我想趁沒有其他人在場，針對現在的處境，和你商量一下。」
「商量？找我談嗎？」
父親有些猶豫地四下張望，想來是在擔心凶手會聽到我們的對話。
綾川小姐把聲音壓得更低。
「不要在走廊上談比較好。我們進會客室吧。里英也沒問題吧？」

「沒問題。」

確定周圍沒人在看之後，綾川小姐打開門，讓我和父親進了會客室。

我併起膝蓋坐在轉角沙發的角落。

我們之間遲遲無人開口。綾川小姐似乎在猶豫該從哪裡開始說起，而父親則是顯得滿臉困惑。

雖然我還不知道綾川小姐想商量什麼，但是我有些事情想先對父親說明清楚。

「綾川小姐，那個——我可以說出昨晚不在場證明的事情嗎？總之我想先告訴父親一個人。畢竟我們昨晚睡在同一間房間。」

綾川小姐一瞬間露出了疑惑的表情，但隨即點了點頭。我轉向父親，開口說道：

「昨晚我雖然躺在床上，不過幾乎整晚都醒著。綾川小姐一直在旁邊睡覺，所以她絕對不可能是凶手。」

「眞的嗎？這樣的話，妳完全沒休息到嗎？」

「草下先生叫大家之前，我稍微打了個盹，但就那麼一小段時間。」

我睡著的時間是天亮到草下先生集合大家的短短期間。這段時間根本不足以讓綾川小姐離開房間去殺人，再回來撕下月曆，寫下「十誡」。

聽我這麼說，父親露出信服的模樣。

「那麼，妳說想跟我談的事是什麼？」

「當然是要商量如何渡過這次危機，平安回到家裡。」

「嗯，當然。不過——嗯？」

父親突然歪頭疑惑起來。

「昨晚我和妳們不同，我是自己一個人，所以沒有什麼不在場證明。妳是怎麼知道我不是凶手？」

結果綾川小姐給了令人意想不到的答覆。

「其實我並不知道。我沒有任何證據能夠證明大室先生不是犯人。對我來說，大室先生也有嫌疑。」

「什麼？」

父親原以爲自己是受到信任，才會被綾川小姐搭話，沒想到遭到否定，讓他一陣錯愕。

我也無法理解綾川小姐的用意。

綾川小姐保持著冷靜的語氣繼續說下去。

「其實有沒有嫌疑都無所謂。老實說，不管大室先生是不是凶手，我能商量的人，就只有大室先生而已。凶手現在威脅我們，一旦狀況不妙，就會炸掉整座島，拚個同歸於盡。不過在我們之中，有一個人即使是凶手，也絕對不會把這個威脅付諸實行。」

「那個人就是我？」

「是的。」

綾川小姐朝我瞥了一眼。

父親似乎理解了她的意思。

「原來如此——因爲有里英在。」

「沒錯。雖然我昨天才認識大室先生和里英，不過即使大室先生眞的是凶手，我也認爲你絕對不會引爆炸彈。」

父親即使被揭發是殺人犯，他也不會帶著女兒一起走上絕路。如果父親眞的是凶手，那麼「十誡」就只是空口威脅而已——這就是綾川小姐的論點。

她平靜到不自然的語調讓人不寒而慄。她對我和父親之間的關係剖析得十分精確。儘管我平時常常嫌棄父親，但是我相信他不會把我當作犧牲品。

搞懂綾川小姐的想法後，父親似乎願意與綾川小姐商量，同時臉上浮現哀切的神色。

「我自然不是凶手，雖然空口無憑就是了。不過眼下的這一切——算是我的錯吧？因爲我太優柔寡斷了。如果我昨晚就報警，事情也不會變成這樣。」

昨天傍晚，當我們發現島上有炸彈的時候，應該立刻聯繫警方才對。

只是即使當時我們眞的報警了，也無法保證情況就會有所不同。警方能夠迅速召集防爆小組，火速趕到島上嗎？儘管有足夠的情況證據，我們仍然無法打從心底相信炸彈的存在。視我們的說法而定，警方可能會判斷沒有立即的危險，表示日後才會前來調查。

不過，假使我們眞的有危機意識，就應該立刻設法找到船家來接我們離開才對。

我內心的後悔不斷膨脹。

父親之所以猶豫，是因爲他擔心伯父也牽涉其中。

我雖然能理解他的顧慮，但是即使留在島上，又能做什麼呢？情況也不會因爲過了一夜就有所改善，我們終究還是得聯絡警方。

話雖如此，我們也無法預測到會發生這種事情。發現炸彈後腦袋一片混亂，所以決定晚點再做出決定，也是未可厚非。

然而世人肯定會說我們的判斷太過愚蠢，才不會在意我們剛有親人過世。既然出了人命，大眾的批評便無可避免。

「我們當時確實應該立刻報警，趁昨晚離開小島。我自己也應該更強烈地建議大室先生這麼做才對。」

綾川小姐比想像中更不留情面。她顯然很後悔自己也被怕事的大家影響，同意了留宿島上的決定，但我沒想到她會把這種情緒表現出來。

身體往前彎，手肘擱在大腿上的父親，聽到綾川小姐這麼說，忍不住抱住頭。

「是啊，真的是太愚蠢了。而且我還把鑰匙隨手留在會客室——如果我當時好好保管鑰匙，犯人想必就無法設置炸藥來威脅我們了吧？」

沒錯，你到底在搞什麼？我都忍不住想要責備父親。

然而，綾川小姐接下來說的話卻出乎意料。

「不，這倒很難說。就結果而言，說不定正是鑰匙沒有好好保管，我們才得以活命。」

「呃？是這樣嗎？」

父親困惑地問道。

我不太理解綾川小姐的言下之意，她似乎也不打算馬上說明。她轉而提出了另一個重要的議題。

「無論如何，我們現在必須思考的是如何安全地離開這座島。應該沒有什麼事比這更重要吧。所以問題在於我們能不能信任凶手？我們現在是說只要遵守『十誡』，三天後就能叫船回到本土，所以我們才乖乖聽話。不過說到底，我們根本沒有任何證據，表明我們可以相信凶手。」

綾川小姐說得沒錯。我們不過是遭到威脅，無法違逆凶手，才會選擇留在島上。

「妳說得是有道理，但是我們又該怎麼辦呢？」

「這正是我想和你們商量的事情。」

「能不能想辦法讓工具小屋裡的炸彈失效呢?」

「很難說呢。要是辦得到自然最好，但是實際上應該很難。我們無法打開工具小屋的門，考慮到我們沒有可用的工具，還要在進去後，一瞬間就解除引爆裝置，破牆而入也不太可行。」

畢竟要是被凶手發現我們試圖破壞工具小屋的牆壁，凶手可能會立刻引爆炸彈。

「再來就是從地下潛入吧?不過地下應該也被封住了——」

工具小屋底下有一個與地下室相連的出入口，所以我們可以打開蓋子，進入地下室，再從裡面的出入口潛入工具小屋。然而凶手不太可能沒想到這個可能性，應該已經鎖上了地下室的出入口。

「嗯，是可以死馬當活馬醫試試看——不，還是別這麼做好了。萬一凶手發現我們出入地下室，不知道會作何感想，太冒險了。」

「等引爆裝置的電池沒電——應該也不行。電池大概還能撐上一段時間。」

工具小屋裡有汽車電池。如果汽車電池從昨晚電力恢復後，就一直維持充電狀態，即使我們現在切斷工具小屋的電源，恐怕也於事無補。

「果然在現階段，我們不能違背凶手的要求。不過毫不思考渡過三天，感覺還是很危險。畢竟我們還不清楚凶手的目的究竟是什麼。」

綾川小姐說到這裡後，停下來確認反應。我自然沒打算多嘴干擾，只是點頭回應。

「凶手的目的不就是爭取湮滅證據的時間嗎？先前妳不是才這麼說嗎？」

「是的，凶手的目的確實可能是湮滅證據。不過老實說，我當時的說法並不完全是認眞的。我只是爲了避免刺激凶手，覺得提出一個安全的解釋比較好。凶手確實可能眞的打算湮滅證據，但是這樣的話，凶手還沒做的某件事，就讓我覺得有點蹊蹺。」

「還沒做的事情？是什麼？」

「用汽油燒掉小山內先生的屍體。」

我赫然意會過來，父親也抬起了頭。

這座別墅裡存放著汽油。供發電機使用的汽油就放在洗衣間，如果算上炸彈的主人留下的汽油，存量應該不少。

「我之前稍微提出的理論是，凶手在屍體或周圍留下了能夠找出加害者的線索，所以才想等海水把這些證據沖掉。但是這個做法其實非常不可靠。從懸崖上根本無法正確判斷大潮時，水位會漲到哪裡。而且不論凶手擔心的證據是指紋還是頭髮，我都覺得很難確保證據被完全消除——假使屍體或周圍眞的留有證據，從懸崖上澆汽油，丟下火種點燃，應該才是最可靠的方式。比起依靠海浪之類的，這麼做應該更加確實吧？然而凶手沒有這麼做，而是悠哉提議要在島上等三天。」

「凶手會不會只是單純時間不夠呢？畢竟凶手不僅要殺人，還得寫下那麼長的『十誡』。從別墅把汽油桶運到懸崖，接著倒在屍體上點火，感覺也是挺費事。如此一來，三天的期限說不定就是爲了爭取這段時間？凶手想趁我們不注意的時候，往懸崖下倒汽油。」

「不，這起事件的凶手不用這麼做。凶手不是寫下了那些繁瑣的誡律，要求我們遵守嗎？凶手不用親自湮滅證據，只要在『十誡』中加上一條『必須澆汽油焚燒屍體』就行了。凶手根本不需要偷偷搬運沉重的汽油桶，提心吊膽地怕被我們發現。」

說得也是，凶手甚至可以要求我們幫忙爲犯罪進行善後。

父親顯然沒想過我們可能會被迫參與殺人的善後工作，對綾川小姐的推論驚嘆不已。

「——但是實際上，凶手並沒有這麼做吧？」

「是的，沒錯。」

「到底是怎麼一回事呢？凶手沒想到可以用汽油燒屍體嗎？」

「說不定眞的是這樣。凶手想拿這三天時間做什麼，目前還是個謎。又或者是凶手一時衝動殺了人，結果不知道怎麼處理，才決定先靠『十誡』這招來拖延時間也不一定。」

不過凶手特地從伯父的房間裡拿走了十字弓，不可能是毫無計畫的衝動殺人。

綾川小姐彷彿看透了我的想法，向我微微一笑。

「總之，既然凶手目的不明這個結論不變，我認為放任凶手不管還是很危險。這起事件從一開始，凶手就占據了壓倒性的優勢。」

「當然啦，畢竟我們被凶手威脅，也只能照對方說的做。」

「是的，但是問題在於威脅的內容。我們先前說到，要是遭人揭發罪行，凶手的人生就完蛋了，所以凶手才會選擇與所有人同歸於盡。然而仔細想想，凶手還有其他選擇。凶手大可選擇殺死所有其他人，然後自己逃走。」

「什麼？」

「什麼意思？」

綾川小姐輕描淡寫地說出了近乎惡魔般的想法，讓原本只打算靜靜聆聽的我也不禁驚呼出聲。

「工具小屋裡不是有一艘橡皮艇嗎？凶手既然把炸彈鎖在工具小屋裡，就代表鑰匙在凶手手上。我們雖然無法逃脫，但凶手持有鑰匙，自然可以悄悄地從工具小屋運出橡皮艇出海。接著只要划到遠離炸彈衝擊的地方，再用手機啓動引爆裝置，就能自己獨自逃走了。」

父親睜大雙眼，嘴角抽動。

情況比他想像的還要糟糕。凶手掌握著所有主導權。

「——這樣的話，我們不是應該立刻去工具小屋前面監視嗎？凶手可能會偷偷拿走橡皮艇逃跑，不是嗎？」

「要監視的話，應該選在碼頭附近，而不是工具小屋前。凶手說不定已經把橡皮艇移到其他小木屋之類的地方。碼頭卻只有一個，守在那裡比較確實——但監視碼頭這個想法其實不太可行。即使成功攔住企圖逃跑的人，到時凶手的身分也會曝光。如此一來，凶手說不定就會選擇引爆炸彈與我們同歸於盡。就算運氣好，我們成功從凶手手中搶走橡皮艇，但那艘橡皮艇最多只能坐三個人，我們無法讓所有人都逃離島上；另外，凶手夠謹慎就會隨身帶著刀子，一看情況不妙就立刻刺破橡皮艇，讓橡皮艇報廢。」

我認爲凶手確實可能做到這個地步。

除此之外，還有其他問題：碼頭附近沒什麼地方可以藏身。凶手想必會留神確認四周是否有人，要是凶手覺得監視碼頭是試圖找出犯人的行爲，我們就等於打破了「十誡」，可能會賠上性命。

說到這個地步，父親也無話可說。

綾川小姐似乎已經仔細考慮過整個情況。這一切或許對她而言十分自然，她的語氣毫無猶疑。

父親似乎逐漸進入狀況，開始對綾川小姐產生信任。

「我明白了，派人監視的確不是好主意，但是我們就這樣放著凶手不管嗎？我們難道不應該做點什麼——」

「是的，我想討論的正是這個問題。不過我認為凶手不太可能會馬上逃離島上，殺害大家。如果凶手真的有這個打算，只要在殺害小山內先生後，趁夜乘船逃跑就好了。

「我不清楚凶手有什麼隱情，不過既然對方刻意用『十誡』來約束我們，我認為對方並沒有打算做出太過冒險的事情。問題在於凶手的最終目的到底是什麼。如果在凶手達成目標的過程中，不會有人犧牲，那麼我們只需遠離事件，把一切交給警方處理就好了。」

沒錯，能否抓到殺人犯根本無所謂。只要能平安回去，我根本沒打算礙凶手的事。

「可是妳自己剛才不是才說過無法確定凶手的目的嗎？」

「沒錯。假設凶手花了三天時間來處理證據，然後逃離這座島。但凶手依舊在我們八人之中，這一點是不會變的。到時警方肯定會對我們詳加調查吧？凶手是認為只要不會被找出來就好了呢？還是在想方設法，讓自己不會成為嫌犯呢？抑或凶手說不定有完全不同的計畫——正如我之前所說，只要凶手可能對我們造成危害，默默聽從凶手要求就不是一個明智的選擇。雖然不能公然違抗『十誡』，但是我們應該暗中調查凶手的身分和目的。」

「可是就算我們進行調查，也不代表我們就能得救吧？」

父親用軟弱無力的聲音擠出這句話。他似乎仍然抱著一絲期望，希望綾川小姐能揭開整起事件的真相，讓他放下心來。

綾川小姐冷靜理性的論述，似乎讓他產生了這樣的幻想，然而我很清楚父親的期待根本不切實際。儘管綾川小姐看似冷靜自若，洞察一切，但是她想必也不過是在想辦法構築推論，好應對眼前的困境而已。

綾川小姐對年近五十的父親投以哄小孩似的溫柔目光。

「是的，不過我認爲一定會沒事的。我們一定有得救的方法。凶手想必還心存迷惘，畢竟這並不是一場經過縝密計畫的完美謀殺。」

「這又是爲什麼？」

父親的思考能力似乎變得非常遲鈍。他一臉茫然地問了一個連我也知道答案的問題。

「畢竟我們發現炸彈後，其實不一定會留在島上過夜。雖然昨晚大家順勢之下，決定在島上留宿一晚。不過通常來說，發現炸彈的反應應該是想方設法立刻回到本土。因此我很難相信凶手是事先計畫好，趁我們晚上睡覺時，用十字弓殺死小山內先生，並用炸彈困住我們所有人。倒不如說，事情更像是凶手不小心殺了人，才被迫想出『十誡』來應對這種突發狀況。」

事件顯然並非預謀。

「那麼殺害小山內先生的動機會是什麼呢？」

「我正是爲了弄清這個問題，才想和大室先生談談。因爲我還只是個實習員工，對這次的視察旅行也不太了解。大部分安排都是澤村負責的，所以我對同行的人只知道名字，昨天才第一次和大家交談。」

原來是這樣，眞是有點出乎意料。

「不過其實我也不太清楚。我對澤村先生的認識，也只是曾經從大哥口中聽過的程度。一開始收到澤村先生的聯絡時，是因爲我知道大哥有認識這麼一位開發公司的人，才會決定聽聽看說法。要是對方是完全沒聽過的人，我可能就會拒絕了。」

「也就是說，你之前和澤村沒見過面嗎？」

「沒有。」

「那你知道他和令兄之間有什麼交情嗎？」

「呃，我記得我大哥在哪邊蓋別墅時，曾經向他諮詢過。具體是在哪裡的別墅，我就不清楚了。所以儘管我沒見過他，但想來應該也不是什麼奇怪的人吧。」

「原來如此，也是呢。抱歉，因爲我是新人，對澤村的認識不深，我也只是聽人家說他人還好，不是個怪人。不過我想大家應該說得沒錯。草下先生和野村小姐呢？你以前就認識他們嗎？」

「不，完全不認識。我是在決定要來這裡之後，才經由澤村先生介紹認識的。當時他說想邀請草下建設的人一起來視察，我才知道這家公司。澤村先生給我看過他們的網站，上面有草下先生和野村小姐的照片。我看了他們的工程案例，發現他們承接過區公所和小學體育館之類的案子，還想說他們接的案子還蠻大的。我們昨天才第一次見到面。」

「你不知道他們和令兄有沒有來往嗎？」

「大哥好像提過他委託過草下建設做工程。」

伯父似乎是透過澤村先生得知草下建設。

「再詳細的事情我就不清楚了。」

「這樣啊，這也沒辦法。雖然問澤村的話，一下就能知道，但是這麼做，肯定會被認爲是在找犯人。」

綾川小姐似乎想弄清楚這些來到島上的人與伯父之間的關係。

「羽瀨藏不動產呢？令兄也認識他們嗎？」

「嗯，不過實在抱歉，我也只知道名字而已。大哥提過小山內這個名字，說他和一個不動產商很熟。至於藤原先生，我就不知道了。」

「那矢野口先生呢？」

「啊，對，矢野口先生是唯一我以前曾經見過一次的人。我爲了商量整理父母遺物的事宜，去我大哥家的時候剛好碰到他。當時我們幾乎沒怎麼說話，只是打了個招呼。不過因爲他是我大哥的朋友，所以我經常聽到他的名字。這次也正是因爲這層關係，他提出想一起來，我才想說也好，就一起來吧。」

與伯父有交情，就是父親對於這趟旅行要求的身分證明。他可能認爲和已故的哥哥有良好關係的朋友，就是一種保證。因此即便是初次見面，父親也毫不起疑，讓他們隨意行動。

然而一旦發生事件，對於這些基於微弱的連繫而聚在一起的同行者，父親就難以抑止內心的懷疑。

「——現在看來，只能說我實在是太輕率了，竟然對同行的各位一無所知。畢竟我根本沒想到會發生炸彈或殺人之類的狀況。」

「確實，這也是莫可奈何的事情。不過這下眞是傷腦筋，即使我們想知道小山內先生與嫌犯之間的關係，我們也沒有任何調查的手段。」

「哎，我們自然不像警方的偵訊那樣，能找大家逐個調查，確認大家與被害者之間是否有過衝突。」

誡律禁止我們進行任何調查。在這座島上，偵探根本派不上用場。

即便如此，這起案件的動機仍是一大疑問。犯人和被害者之間究竟發生了什麼事？爲什麼選擇在兩天一夜的旅行中殺人？不管動機爲何，凶手的所作所爲只能說是給人找麻煩。

「所以綾川小姐是不是還有其他線索？除了動機，妳有看到誰形跡可疑之類的嗎？」

聽到父親反問，綾川小姐右手托著臉頰，思索了一下。

「不，很遺憾，我沒什麼頭緒。」

「里英也是嗎？」

「沒有，我哪會知道。我一個人也不認識，昨晚也一直待在房間裡。」

我自然也只能這樣回答。

「——這樣的話，想要找出凶手，恐怕根本不可能吧？凶手又不可能讓我們調查現場，總覺得我們根本無計可施。」

「確實，就目前來看是這樣。」

綾川小姐點頭，煩惱的神色中摻上一絲苦笑。

「我們大概只能先聽從凶手的安排。不過未來情況可能會發生變化，到時我們或許還是得找出凶手。」

「找出凶手後要做什麼？」

「還不知道。也許我們不需要採取任何行動，又或者我們說不定能在凶手拿著工具小屋鑰匙時逮到對方。即使不採取行動，仍有可能需要揭發凶手，所以還是做好準備比較妥當。」

揭發凶手？綾川小姐究竟在想什麼？

「這麼做真的沒問題嗎？」

我脫口道出擔憂，綾川小姐依然一派冷靜。

「嗯，眞有必要的話——不過如果保持沉默就能平安回去，結果卻硬要揭發凶手，逼得凶手引爆炸彈就太蠢了。絕對要避免這種情況發生。不過說不定揭發凶手意外地也可能是最好的選擇。雖然會把凶手逼上絕境，但也許能說服凶手呢。」

說服凶手？我原本覺得這想法荒唐可笑，但是仔細想想，這個方法或許意外有效。

正如綾川小姐所說，這起事件應該不是一場精心策畫的謀殺。對於突然犯下殺人罪，內心充滿恐懼的犯人來說，如果我們能用恰當的話語喊話，或許就能得救。

不過話雖這麼說，在不知前因後果的情況下，我們根本無從得知何爲正解。

「總之，我不會做出任何魯莽的事。這一點大室先生大可放心。不論是我，還是里英，都不會魯莽行事，對吧？」

「嗯。」

我鼓起勇氣回覆，抬頭挺胸地面向父親。

父親彷彿久別重逢似地睜大眼睛看著我。想來在父親的心目中，我在這種非常事態下，應該會更加哭哭啼啼、驚慌失措才對。

在走廊上遇到綾川小姐之前，我確實是處於惶惶不安的心情。不過在父親的參與下一起討論之後，我在心中找到了立足點：除了能讓我們從這座島上平安回家的事情以外，其他事情都不需考慮。

綾川小姐拍了拍褲子口袋，隨後想起她的手機早已被收走。她尷尬地笑了笑，然後把視線轉向牆上的時鐘。

「——我們也差不多該解散了。我們不該一直待在一起，而且要是被懷疑就不妙了。」

「是啊，那麼誰先走？我嗎？」

三人之中，由父親第一個離開會客室。打開門後，父親特意放輕了腳步聲，悄悄地回到了自己的房間。

四

時間是上午十一點多。

陽光毫無遮蔽地在秋日的天空中閃耀。望向懸崖彼端時，反射在雪白浪花上的陽光陡地刺入眼中，耀眼得幾乎烙印在眼底深處。

我和綾川小姐漫步在環島步道上。

我們在約定的小木屋前碰面，隨意邁開步伐，沒有特定目的地，只是爲了交談而散步。

有幾個人也同樣在島上漫無目的地閒晃。看起來並不是有什麼特定的目的，只是無法忍受待在別墅裡而已。

綾川小姐環顧四周，確定與其他人保持了足夠的距離後開口：

「大家都知道我們睡同一個房間，所以待在一起也不會令人起疑。」

「嗯，確實如此。」

在這種情況下，自然會選擇和不在場證明明確的人待在一起。在這個大家都深感不安的時候，不會有人對此生疑。

只不過談話內容要是被人聽到就糟了，所以綾川小姐非常謹慎。

「妳還好嗎？冷靜下來了嗎？」

「現在還好，還算冷靜。」

我用力踩著腳下的紅褐色步道，彷彿在確認地面的紮實程度。只要腳跟一用力抵著地面，就能感受到傳遍全身的反作用力，讓我清楚意識到眼前的現實。

「綾川小姐，接下來我們該怎麼辦呢？」

「嗯？就如同我先前對妳父親說的，我們就盡自己所能，確保我們能平安回去。」

「那我該怎麼辦呢？」

我有很多事想找綾川小姐商量，卻沒勇氣說出口，結果問出這種毫不負責任的問題。

她放慢了腳步，露出若有所思的表情，似乎在猶豫該說什麼，或是該說到什麼程度。

「——總之，現在還沒什麼可做的事情。安分一點可能是最好的選擇。」

「那倒也是。我明白了。不要做危險的事，也不要多嘴，對吧？」

「對，還有什麼要注意的話，應該就是關於小山內先生的事情。不過里英應該什麼都不知道吧？」

「對。」

「不過還是得想辦法調查一下。」

「關於小山內先生，綾川小姐眞的什麼都不知道嗎？」

這點讓我感到意外。

「我不知道呀，我昨天才第一次見到他。」

她的回應中帶著些許警覺。

我們繞了小島半圈，來到發現屍體的懸崖附近。

綾川小姐在幾小時前我們八個人圍成一圈的地方前停了下來。

「走這裡沒問題嗎？」

「我還好。」

由於對炸彈的畏懼，懸崖下九公尺遠的屍體所帶來的恐懼已經麻木。

綾川小姐四處張望，確認周圍沒有其他人，然後走近懸崖，俯視下方的岩石。

我像是把風一樣，站在稍微遠一點的地方等待。綾川小姐也並未特意要我靠近懸崖邊。

「雖然算是意料之中，不過這裡沒有什麼變化。」

聽她這麼說，我一邊留意綾川小姐和周圍，同時往懸崖下瞥了一眼。

屍體和早上看到的模樣一樣，背上插著箭倒在地上。身體乾燥，看起來沒被海浪打濕。

「關於被害人到底是墜落懸崖摔死的，還是被十字弓射中才喪命之類的問題，這類案件只要警方正確進行驗屍後，應該就能查出死因吧？」

「唔——應該查得出來。好像是看傷口的活體反應吧？我聽說可以用這個來區分是生前受的傷，還是死後受的傷。」

我在警匪劇中也聽過這件事。

綾川小姐似乎也沒有更多的相關知識。

「要灑汽油燒屍體的話，還滿辛苦的。要把沉重的汽油桶搬到這裡，灑汽油的時候，還得小心不要掉下懸崖。」

「畢竟必須把身體探出懸崖嘛。」

如果要徹底處理掉證據，就會需要大量汽油。要在屍體上揮灑二十公升的攜帶式油桶，應該不是什麼輕鬆的工作。

再加上還要找到打火機或其他引火物，凶手昨晚或許眞的沒有足夠的時間來親自完成這些事。

綾川小姐俯視著懸崖下方，陷入了沉思。

「呃，站在那邊很危險喔。」

「啊！嗯，是呀。我們可以走了。」

我們繼續沿著步道前進。

我們經過了碼頭，差不多要繞完整座島。

「里英，妳聽我說喔，希望妳不要覺得我這麼說很奇怪。」

當別墅愈來愈近時，綾川小姐突然輕聲向我說道。

「我覺得能和里英在一起眞是太好了。昨晚要是只有我一個人待在房間，我可能就無法這麼冷靜。眞對不起，我們昨天才見面，聽到我這麼說，可能會讓妳覺得不太舒服。」

「不，沒那回事。」

「眞的嗎？那就好。總之，我只是想說，有里英妳在我身邊，眞的幫了我大忙。我當然希望自己能安全回家，但是我也希望妳能平安無事。所以拜託妳，千萬不要做危險的事。我想說的就是這些。」

「當然，我明白的。」

綾川小姐的話中充滿溫柔，彷彿在努力避免讓純潔之物受到傷害。

不過意圖做危險事情的人，應該是綾川小姐自己才對。

「——綾川小姐，妳說妳打算揭發凶手，對吧？妳要像推理小說中的偵探一樣，聚集大家，然後宣布誰是凶手嗎？」

「那是別無他法的時候才會採取的方法，妳別擔心。我會盡量避免出現無謂的犧牲，還是會把安全放在第一位。其實我現在也不確定怎麼做才好。我們也差不多該分開了。被人看到總是待在一起的話，還是不太好。我還會在外面待一會，里英就先回到屋裡吧？」

「嗯，那我就進屋了。」

我們宛如在車站分乘不同路線的朋友一樣，在別墅的門口前向彼此道別。

我對這起事件的意義仍然毫無頭緒。

我也還不清楚綾川小姐的想法，但是我覺得她會如同她所說的，幫助我脫險。

五

過了晌午時分，我和父親一起在餐廳吃飯。

事件造成的混亂，讓我們都忘了吃早餐。由於澤村先生買了很多麵包，我們便靠麵包來果腹。父親從中選了咖哩麵包和三明治，我則選了一個乳酪麵包。

餐廳內只有我和父親，其他人要不已經吃完，要不還沒來，顯然沒有要特意聚在一起吃午餐的意思。

如果考慮到凶手的指示，眼下的情況也很合理。確認手機的時候，雖然需要全員在場，不過其他時候還是盡可能分開行動，比較能避免引發麻煩。

父親吃完麵包後，下意識地把麵包的包裝揉成一小團。

「爸。」我輕聲叫他。

「怎麼了？」

「這不是你的錯。社會大眾可能會覺得我們應該早點離開島上，不過說到底，一切都是凶手的錯。最應該譴責的是凶手才對，爸不需感到任何責任。我也不覺得這是你的錯。」

父親依然愁容滿面。

「是嗎?眞的嗎?」

假的，我騙你的。其實我內心深處還是有些埋怨父親決定留在島上過夜。也正因如此，我才想說出這些話。我怕就像我譴責父親一樣，我自己也會遭人譴責。此外，如果事情有個萬一，我也不想抱著這樣的想法與父親永別。我之所以會說這些，也是隱約帶著一點生前整理的心思。

「里英，妳也要小心。千萬不要做任何危險的事喔。」

父親說了和綾川小姐一樣的話，留下吃東西比較慢的我，垂頭喪氣地慢慢走出餐廳。

下午兩點左右，綾川小姐來到二樓的房間取她的行李。

根據「十誡」的規定，我們不能再睡在同一房間。誡律要求每個人必須單獨一間房。由於小山內先生已經不在了，房間的數量足夠讓每個人獨自一間房。綾川小姐決定搬到那裡去。

搬去小山內房間的人是綾川小姐，而不是我，是因爲擔心我不願住在死者住過的房間。我對此深感感激，因爲我實在沒信心能在還殘留著小山內先生氣息的房間內保持冷靜。

綾川小姐似乎毫不在意，讓我不禁對她意料之外的膽量感到敬畏。

「那我走了，妳好好休息吧。」

「好的，謝謝。」

她對半躺在床上的我道別，然後抱著背包下樓去了。

在這個異常的情況下，父親和綾川小姐以外的其他人都是如何渡過呢？

自從在會客室的集會解散後，我再也沒和其他人碰面。既然沒事，自然不需要碰面。在別墅內走動，看到其他人的時候，大家也大多是獨自待著。既然彼此都沒有不在場證明，這也是理所當然的事情。畢竟一旦碰面，就要擔心起對方是不是凶手。

不過若有人遇到凶手拿著引爆用的手機，事情就慘了。我只能祈禱意外不會發生。

對於小山內先生的死，我事到如今才意識到自己毫無半點哀悼之情。

我昨天才認識他，對他的人品一無所知，也毫無興趣。現在想起來，我對他沒留下任何印象，反倒是好事。如果當時他給我點心之類，我可能還會因此感到些許痛心；要是他對我冷淡無禮，我就必須要克制幸災樂禍的心情。正是一無所知，我才能保持內心的平靜。

其實不只小山內先生，其他人對我來說也不過是外人。就算澤村先生有個年紀小很多的女朋友，野村小姐是位單親媽媽，大家的私生活顯然與我想像的不太一樣，不過這些事情都與我無關。假如我們必須找出凶手，我或許會更留意這些嫌犯的私人祕密。但在這座島上，情況卻完全不同。

綾川小姐似乎有什麼想法，我還是不要管太多，安分守己地待著就好了。

我發現到這麼想是最輕鬆的。

我攤成大字躺在床上，茫然望著天花板和窗外景色。我感到意識一瞬間被睡魔帶走，但隨即清醒過來。這樣的情況反反覆覆好幾次。睡眠不足和事件帶來的緊張感展開拉鋸戰。

傍晚時分，我終於決定走出房間。

無法把握現狀，漸漸讓我感到不安。這棟別墅結構精良，一旦關上門，就只能依稀聽到外界的動靜。

我穿過走廊，下了樓梯。別墅一片寂靜，從玄關大廳往別墅內部看，不見半個人影。

我走向餐廳，想說或許會遇到人。就算沒遇到人，我也可以給自己泡杯即溶咖啡。

我一推開門，就聽到驚叫聲。

「嗚喔？」

「啊。」

矢野口先生在餐廳。

他雙手交叉抱臂坐在椅子上，擺出沉思的姿勢。門突然打開，讓他驚訝了一下，但看到是我後，他顯得放鬆了些。

「哦，原來是妳，大室先生的——呃——嗯。」

他似乎忘了我的名字。

最後他像是在對小學生年紀的女孩說話似地，用笨拙的討好嗓音開口：

「今天上午妳是和日陽觀光開發的綾川小姐在一起吧？妳們當時在做什麼？該不會是去看小山內先生那邊的狀況吧？」

我立刻繃起身體，警惕起來。

他在想什麼？他想打探什麼？到底是什麼？

「——說我們在做什麼，我們只是普通地在散步，說起事情真恐怖而已。」

「妳們沒有發現什麼嗎？」

「沒有，什麼都沒發現。」

「也是啦。」

矢野口先生手肘撐在桌上，雙手抱住頭。

「其他什麼都好，妳或綾川小姐沒有發現什麼類似線索的東西嗎？」

「線索？」

我不明白他想說什麼。

思考了一會兒，我才搞懂矢野口先生的心思。

他似乎在暗地裡尋找犯人，但想必沒找到任何線索。然而他也不能公然進行調查。因此他才找上昨晚似乎有不在場證明的我和綾川小姐。對他來說，說不定沒有其他能夠信任的人可以商量。

「我們沒找到任何線索。但這樣可以嗎？凶手不是禁止找犯人嗎？」

我只能這樣回答。

「那倒不是，我並不是在找犯人。」

矢野口含糊其詞。我雖然好奇除了找犯人以外，還能找什麼，但他沒再多說什麼。

「別告訴別人我說過什麼，以免危險。」

當我準備沖泡即溶咖啡的時候，矢野口先生對我這麼說，隨後離開了餐廳。

明明是他自己輕率地提起疑似找犯人的話題，結果又說這種話，眞是有夠任性。我沒回應他，當然也沒打算向別人告密。

我是不是應該給他一點警告？喝著咖啡的時候，我的心中開始冒出這樣的擔憂。

直到目前爲止，我一直打算對同個屋簷下的人盡量保持冷漠的態度。但是矢野口先生令人不安的舉止，讓我覺得不能坐視不管。

話雖如此，我該說什麼才好？我能夠給出有用的警告嗎？我的心情愈想愈感到沉重。

天色逐漸暗了下來，夕陽的餘暉在窗外仍是一片鮮明燦爛。我們八個人都聚集在餐廳。我們在澤村先生的號召之下，決定一起吃晚餐。

雖然感覺各自行動可能更安全，但是如果一直無視彼此，只會加深不信任感。所以澤村先生才會提議大家聚在一起聊聊。

說不定這麼做的另一個用意，是透過展現大家和樂融融的樣子，讓凶手對採取極端手段心生躊躇。儘管我們也不清楚動之以情的做法，對這個凶手到底有沒有效。

晚餐是雞肉咖哩的調理包。

澤村先生帶來的食物已經告罄，我們吃的是之前盤據這座島的犯罪集團留下的糧食。雖然有點毛骨悚然，不過我們也沒別的選擇，而且食物都沒有開封，應該沒問題。

澤村先生等大家拿起湯匙後，開口打破沉默。

「今天就快結束了，大家應該都還好吧？只要再這樣撐過兩天就好了。」

「是呀。雖然假期泡湯讓人不爽，不過大家都能平安回家的話，也就算了。」

草下先生應聲附和。他們兩人似乎都在討好凶手。

不僅如此，兩人似乎顯得更加樂觀。畢竟從早上的騷動到現在，一切都過於平靜，以至於大家對炸彈危機的真實感覺變得模糊起來。

「真是很抱歉，讓大家捲入這種奇怪的事件中。」

坐在一旁的父親隔著桌子向他們致歉。

隨著時間過去，原本疲憊不堪的父親似乎也有了能顧及他人的餘裕。不過對他們來說，父親也可能是犯人。眞是如此的話，他的道歉就顯得虛僞至極。看似體貼的道歉根本是多此一舉。

另一方面，也有人的模樣顯得比早上更憔悴。

野村小姐不和任何人有目光接觸。她謹愼地用湯匙舀起一點點咖哩和米飯，送入口中後，慢條斯理咀嚼幾十秒，再把拿著湯匙的手擱在桌上休息。即使吞下了咖哩飯，她仍然呆呆盯著盤子，過好一會才開始舀下一口飯。她的用餐速度太過緩慢，比其他人落後許多。

草下先生用宛如在工地的洪亮嗓音叫她。

「野村小姐，妳還好嗎？沒記錯的話，妳中午也沒怎麼吃吧？」

「呃，是啊。」

「我理解妳擔心孩子，但要是病倒了也不好啊。不管怎麼說，再撐過兩天就結束了嘛。」

「眞的嗎？撐過兩天就好？」

野村小姐的語氣突然強硬了起來。

沒人回應她的問題。

「凶手嘴巴上是這麼說，不過我們根本沒有等上兩天就得救的保證吧？凶手搞不好會增加更多誡律，要求再多等一天、兩天，不是嗎？或者說——」

她情緒激動的言行，讓大家像在海岬上被突如其來的狂風吹過一樣，渾身寒毛直豎。

萬一發生什麼不利的事情，凶手就會啓動引爆裝置。野村小姐吐出的下一句話，說不定就會觸怒凶手。

不過她很快就恢復了冷靜。

「——總之，再忍兩天就好了，對吧？我明白了。」

野村小姐用生硬的語氣說完後，就低著頭不再說話，彷彿斬斷了所有情感。

才剛變得比較和緩的晚餐氣氛，充斥著和早晨同樣的緊張感。

我偷看坐在對面的綾川小姐臉上的表情。剛剛的騷動似乎並未影響她的心情。

吃完咖哩後，我慢慢啜飲杯中的水，觀察大家的狀況。

矢野口先生似乎正試圖探尋犯人的眞實身分。他雖然沒有開口說話，卻用黏著的眼神仔細觀察同桌的人。每當他不安地撫摸右臂時，那只昂貴的腕錶便若隱若現。

他身上散發著一種不能移開視線的危險氣息。

綾川小姐曾經告訴父親：「要是讓凶手掌握主導權，便難以預料接下來會發生什麼。」

在這種情況下，無法確定凶手的眞實身分，自然會讓人感到擔憂。

矢野口先生是否打算有所行動？但是他的態度總覺得有失謹愼。

要勸阻他也很困難，畢竟又不能當著大家的面點破。就算趁四下無人的時候勸說，他想來也不會聽我這種小女生說的話。而且，萬一他開始懷疑我和綾川小姐就傷腦筋了。結果我只能選擇置之不理。我是否應該將這件事告訴綾川小姐呢？

我決定暫時先不去想這件事。

另一方面，白天幾乎不見人影的藤原先生以驚人的速度扒完咖哩飯，搶先大家吃完後，就開始不停抖腳，顯得焦躁不安。

他也幾乎一言不發，大概是受到了野村小姐不安情緒的影響，臉上冒著冷汗。

所有人都吃完後，澤村先生開口：

「那麼今天——剩下手機吧。應該有人需要打電話吧？我自己也是。」

「是的。」

野村小姐率先回答。

接下來是大家與本土聯繫的時間。根據規定，所有人都需要在場互相監視。

我們各自回到房間待了五分鐘後，再次聚集在會客室。

澤村先生、草下先生和父親三人合力把靠牆的櫃子移開。

從房間角落拉出來的束口袋上滿是灰塵，封條依然保持著早上的模樣，沒有被打開過。

「那我要打開束口袋囉，沒問題吧？」

澤村先生把背包放在桌子上，儀式性地向凶手說一聲，然後用食指勾破用釘書機封住的封條。

鬆開收緊的束口袋開口後，他停了下來，放開束口袋。

「誰先來？可以讓我先嗎？」

順序應該無關緊要。澤村先生率先拿出自己的手機放在桌上，讓所有人都能看到螢幕後，按下按鈕。

螢幕上跳出好幾則社群媒體的訊息和三則優惠券的通知。其他還有兩則來自他女朋友的訊息：「人家給的泡芙好好吃」、「下週六你幾點有空？」

他迅速回覆了「休假結束後再聯絡」，然後似乎覺得回覆得太簡短，便開始選擇貼圖來搭配訊息。

理所當然地，是在大家的注目之下。

澤村先生用食指滑動螢幕，短暫猶豫之後，選了一個大象低頭的貼圖。我總覺得他選擇旁邊豎起大拇指的貼圖會比較好。

整個過程顯得有些滑稽。在場的人都一臉認眞地盯著澤村先生的手指，生怕他傳出什麼不該發的訊息。

當他發出貼圖後，澤村先生迅速關掉螢幕，把手機放回束口袋。

「好了，誰是下一位？」澤村先生問道。

「可以換我嗎？」

野村小姐微微舉手示意。

她的手機裡有很多來自她妹妹的未接來電和訊息，似乎是她兒子小翔敲碎了她妹妹家的電視螢幕。

看到桌面的訊息得知狀況後，野村小姐直接把手機放回了束口袋。她原本應該是打算打電話給妹妹，但是看到新的麻煩事，讓她頓時失去這麼做的力氣。

我也姑且確認了手機。只有昨天發訊息給我的朋友發現我沒回覆，發了一則「很忙嗎？」的訊息給我。

我猶豫了一會，結果還是像野村小姐一樣，直接把手機放回去。

其實我大可以回覆說：「不好意思，這幾天可能沒法回覆。」不過光是要裝出若無其事的樣子，假裝什麼事都沒發生，就讓我感到痛苦。我十分能理解野村小姐沒點開妹妹訊息的心情。

父親則收到了來自母親確認狀況的訊息。

父親按下了通話鍵。

「喂，孩子的媽？」

——嗯，你那邊還好嗎？

「嗯，還好。里英看起來也挺放鬆的。」

——放鬆才傷腦筋啊。是說我之前應該跟你說過，我果然還是想換個冰箱。其實網路上有一款不錯的冰箱在特賣，優惠到明天就結束了，所以我想問問你那邊的情況怎麼樣。如果度假村的事情談得很順利，應該就可以把冰箱買下來，可以嗎？

「多少錢？」

——要十七萬。

父親思考了一會。

「實際看過以後再買比較好吧？」

——是沒錯，但是這個價格眞的很難得，而且尺寸我已經確認好了。

「這樣啊？那就買吧。這邊的情況還不知道會怎麼樣，不過十七萬總是有辦法的。」

——眞的嗎？那我買了喔。好，那就先這樣吧。

通話結束了。

父親若無其事地結束對話，將手機放回束口袋。他交叉雙臂坐進沙發裡，彷彿在吐出在肺部發酵的悶氣一樣，深深嘆了一口氣。

我對此刻的父親深感敬佩，因爲現在的我恐怕無法像他那樣和母親討論冰箱的事情。

草下先生發了幾封工作上的郵件。綾川小姐、矢野口先生和藤原先生都不確認手機。手機又被放回了束口袋，經過繁瑣的程序，再次被封印到會客室的角落。

「這樣就可以了吧。那麼大家今天就休息吧。啊，在這之前——」

澤村先生的視線停在隨意放在沙發角落的兩個抱枕套。

「要不要確認一下凶手的意見？看看凶手是否有任何不滿。」

我們像早上一樣進行了所謂的「投票」來聆聽神諭。

從抱枕套裡出現的是八個貝殼，凶手並未表達任何異議。

儘管不知道這樣的投票是否眞的有意義，但是至少給我們帶來了一些心理安慰，讓我們有一種完成每日任務的達成感。總之，我們今天又成功避免了凶手啓動引爆裝置。

六

晚上九點，我獨自一人待在二樓的房間裡。

天花板的電燈太過刺眼，但是已經窩在棉被裡的我實在懶得拉繩子關燈。與昨晚不同，窗戶拉上了窗簾。不久前，月亮還高掛在天上熠熠生輝，但是雲層突然湧出，大粒的雨點開始拍打窗戶，我便拉上了窗簾。

我翻了個身，望向對面的空床。

就在一天前，我和綾川小姐還在這裡閒聊。

我對此已經有一種恍若隔世的感覺。這起事件在昨天和今天之間留下的鴻溝便是如此巨大。今天要是能和綾川小姐同房休息，我應該能安心許多，只是情況實在不允許。

我想起早上父親和綾川小姐討論過，凶手可以偷偷離開島上，然後引爆炸彈。想到這個可能性，我就坐立難安，覺得自己應該去碼頭監視，而不是躺在這裡。然而正如綾川小姐所說，前往碼頭監視並非明智之舉。我只能把自己裹在棉被裡乖乖待著。

我一閉上眼睛，腦海中就浮現女兒和丈夫在島上被炸死的消息早冰箱一步傳進耳中時，母親臉上露出的茫然表情。

然而，睡意最終戰勝了不安。我自從昨天到達這座島以後，幾乎都沒怎麼睡。

我鼓起最後一絲力氣關掉燈，在祈求這一夜寧靜無事的同時，緩緩沉入夢鄉。

第三章　屍體與腳印

一

隔天早上，我被猛烈的敲門聲驚醒。

「里英！里英！妳醒了嗎？出事了！妳起得來嗎？」

顯然發生了緊急情況。

不過事態雖然緊急，父親的聲音中，依舊透著叫年輕女兒起床時小心翼翼的語氣。還沒睡醒的我，心中也先爲我們平安迎來早晨而鬆一口氣。不管發生了什麼事，只要小島沒有爆炸，就還不算最壞的情況。

和昨天一樣，我在睡衣上套連帽外套，走出房門。

父親一臉垂頭喪氣地等著我出來。

「怎麼了？」

「其實兇手又留了給大家的信，要大家集合後去確認——」

「確認什麼？」

父親支吾著不肯回答。

「誰死了？是被殺的嗎？」

父親沒有回答問題，只是領著我下樓。

我來到玄關，準備換下拖鞋，穿上鞋子時，發現了一樣昨天以前還不存在的東西——一雙長靴。這雙靴子原本放在儲物間，現在卻莫名其妙地放在玄關，鞋底還沾滿了泥土。

玄關大門大開，大家已經聚集在玄關門廊上，圍成一個形狀不規則的圓圈。在場的人有草下先生、藤原先生、野村小姐、澤村先生和綾川小姐。

我和父親也加入行列後，草下先生改用雙手舉起他剛才拎在右手中的紙片。

「看來大家都到齊了，那我就念出來囉？這是犯人那傢伙留下來的訊息。」

可是矢野口先生不是還沒到嗎？

草下先生手中的紙片是月曆的一角。從照片來看，似乎是昨天那張記載著「十誡」的月曆的另一部分。

儘管語氣粗暴，草下先生還是以清晰可辨的聲音，大聲朗讀凶手留下的字條。

矢野口因試圖揭示犯人的身分而喪命。除此之外，他並無其他非死不可的理由。因此除非懷有相同意圖，不然毋須因他的死亡而擔憂自己的性命。

發現這封信的人需要召集別墅內的所有人，確認擱置於工具小屋附近的矢野口遺體。隨後需要執行以下事項：

一、必須以防水布包裹矢野口的屍體，並用橡皮繩綑綁。在此過程中，不得檢視遺體，也不得從遺體上取走任何物品。

二、必須將地面上留下的長靴腳印抹平，徹底消除。

如果以上指示未能正確執行，則必須準備面對引爆裝置啓動的後果。留在島上的時間還剩兩天，不會有任何變更。若所有誡律均被遵守，則得以返回本土。

信件的內容太過震撼，令人難以置信。

眼下許多問題需要討論，但是在那之前，我們必須先確認一件事。

草下先生朗讀完紙條後，依次將指示傳閱給大家，確保所有人都完全了解內容後，他沉重地開口：

「那麼我們就去工具小屋吧——」

矢野口先生的屍體據說就在那裡。

昨晚一場驟雨過後，地面變得泥濘不堪。

草下先生站在玄關門廊的角落，陷入了猶豫。

從他所在的位置，有兩排朝不同方向延伸的腳印。一排腳印從別墅南側筆直通向小島中心，另一排則是繞到別墅西側。兩排腳印都是通往工具小屋。

「嗯——選這條好了。」

草下先生最後選了別墅西側的路線。這條路線雖然會繞點路，但路況好一點。

我們跟著長靴的腳印走，結果發現了另一排單方向的腳印。我們隨著腳步走，發現這些腳印的步伐異常寬大，和所有人都不同。看來是凶手故意改變走路方式，以防被識破。

我們繞過別墅轉角，朝小島的中心前進。

隨著工具小屋愈來愈近，躺在小屋西側的物體也逐漸映入眼簾。

走在前面的草下先生停了下來，大家也跟著止步。下定決心似地調整好呼吸後，我們一起邁步前進。

工具小屋周圍鋪設了石板，沒有留下任何腳印。矢野口先生仰面躺在石板上，身穿深褐色的休閒西裝，胸前插著一把深深刺入的刀子。刀子是來自別墅的廚房。

死前痛苦的表情定格在矢野口先生的臉上。他眼睛睜大，嘴角還有口水的痕跡。毫無意義的高檔手錶從袖口露了出來，腳上的名牌運動鞋也沾滿了濕泥。

我到這裡來之前，內心已經做好覺悟，知道這裡會有屍體。

然而實際面對屍體，我卻無法保持冷靜。

和崖底距離近十公尺的屍體完全不同，這是我第一次這麼近距離看到他殺的屍體。

一個念頭在我腦中不受控制地膨脹。

這是我的錯嗎？昨天矢野口先生表現出找犯人的意圖。如果我好好警告他，也許他就不會死了。但是我又該說什麼？我不認為矢野口先生曾經眞的聽進我的話——

我感到一陣噁心，不禁在石板地面蹲下。綾川小姐連忙跑到我的身邊。

「妳還好嗎？」

「——嗯，我沒事。」

我回答後抬起頭，但還是站不起來。綾川小姐扶著我的肩膀，彷彿擔心我會一個不小心往後摔。

大家站在離屍體大約一公尺的地方，圍成半圓。幾分鐘過去，沒有人說話。

最終是澤村先生打破沉默，無視眼前的諸多謎團，提出了極為實際的問題：

「指示是要我們用防水布把這具屍體包起來，再用橡皮繩綁好，對吧？」

「嗯，沒錯，指示是這麼寫的。」

草下先生彷彿在施工現場對照圖紙一樣，看著屍體與紙條來回比對。

在通常情況下，面對犯案現場，我們應該有很多問題要思考：被害者爲什麼會在這裡？他是什麼時候被殺的？怎麼被殺的？又是誰下手的？

澤村先生和草下先生的腦袋裡想必也充斥著這些疑問。

儘管如此，他們還是選擇忠實遵守在第一次事件中宣布的「十誡」——不得試圖揭開凶手的身分。對於打破誡律的恐懼，使他們的語氣顯得格外公事公辦。

然而並不是所有人都能冷靜接受第二起事件。

「搞什麼啊？這到底是什麼意思？凶手到底想要做什麼——想把我們怎麼樣？」

藤原先生看起來筋疲力盡，彎著腰把手撐在大腿上。

他向空氣拋出疑問，沒有人回應他的問題。

野村小姐彷彿思緒飛到很遠的地方，面無表情地站在大家身後一步之遙的地方，目光不是看向屍體，而是望向大海遠方。

父親的表情則是扭曲得像是隨時會哭出來，想必是對這起事件感到自責。

「凶手要我們用防水布包起屍體，果然是因爲屍體上有什麼證據吧？要是被我們不小心看到就會很麻煩，所以才叫我們藏起來嗎？」

澤村先生帶著討好的笑容，試圖揣測犯人的意圖。他小心翼翼地措辭，避免讓人聽起來像是在追究責任。

我們昨天就設想過，凶手可能會逼我們幫忙湮滅證據。自從綾川小姐提出後，我就忍不住去想這個可能性。

如今可能性是否已經成為現實？乍看之下，屍體上並沒有能確定凶手身分的線索。而且即使有留下證據，凶手不是應該親自動手處理嗎？

「凶手大概是沒時間自己動手吧。如果案發時間是在黎明時分，凶手可能擔心有人起床撞見，所以就乾脆讓我們來處理善後。想必是這樣沒錯。」

草下先生彷彿回答我內心疑問似地這麼說。

天快亮了，要是悠哉處理屍體，可能會撞見其他人。因此凶手索性把善後工作交給我們。事情就是這麼一回事嗎？

「我沒記錯的話，別墅裡應該有指示上寫的防水布和彈力繩吧？」

聽到澤村先生發問，父親回過神來回答。

「嗯，對，別墅裡應該有，就放在儲物間裡。」

「這樣啊，凶手應該就是要我們用那些東西吧。」

澤村先生像平時處理工作一般進行安排。考慮到現狀，他的冷靜應對可說是理所當然，也讓人感到可靠。

但是另一方面，看到大家對矢野口先生的死毫不氣憤，只是平淡地處理他的屍體，又讓我的良心感到一陣刺痛。這座島簡直就是地獄，無論發生多麼殘忍的事情，我們都必須壓抑內心的情感，不得譴責凶手。

不過也有人無法默默接受這一切。

「結果我們還是要像昨天一樣，按照指示行動嗎？明明連能不能得救都不知道——」

野村小姐指著草下先生手上的指示。

她的語氣中隱含對凶手的反抗之意，讓現場氣氛頓時一陣緊張。

野村小姐吞了一口口水，似乎壓抑下幾近爆發的情緒，然後道出比大家擔憂中更爲溫和的疑問：

「——矢野口先生眞的是因爲試圖找出凶手被殺嗎？只要我們不這麼做，我們就能活下去嗎？」

看來野村小姐怕凶手打算利用我們沒有反抗手段的局面，一個接一個將我們殺掉。事情意外地發展成連續殺人，讓大家開始害怕殺掉矢野口先生並不是終點。

澤村先生緩緩地斟酌用詞回答。

「這點不能否認，不過就算想也沒用，不是嗎？我們根本無法對此給出答案。不過有一點是可以肯定的——」

「如果凶手眞的打算殺光我們所有人，那麼凶手只要趁晚上搭船出海，到了安全的地方再引爆炸彈就好，只是凶手並沒有這麼做。」

澤村先生似乎也有想到綾川小姐昨天提出的看法。

「——我想凶手應該不想看到血流成河。畢竟人愈少，嫌犯就跟著變少，凶手就會更容易遭到懷疑。」

草下先生點頭附和。

「嗯，是啊。而且凶手殺了他，就某種程度上來說，算是救了我們所有人吧？矢野口先生輕率地試圖找出凶手，要是眞的發現了凶手的身分，說不定大家就都沒命了。現在可以說是凶手主動行動，事前阻止了這種情況發生。雖然這個說法很荒謬就是了。」

凶手貼心地殺人，小島才免於爆炸。

眞是荒謬的邏輯。然而，如果冷靜列出發生的事情，或許這也是事實的一面。

只要平安獲救，現在就算有再多的怨言，也只能呑下去。不過如果要避免小島爆炸，未來可能會有更多人犧牲。說不定自己就是下一個犧牲者。

此外，澤村先生和草下先生的理論只在一種情況下成立——那就是凶手的目的是掩蓋自己的殺人罪行。然而我們根本無從知曉凶手在這個異常的狀況下，眞正的目的究竟爲何。

野村小姐的情緒宛如在烈日下膨脹的瓦斯罐，隨時可能爆裂。只見她壓抑著這份情緒開口：總而言之，雖然不知道有什麼意義，但就是要按照紙上的指示去做吧？說到底，我們也只能乖乖照做。」

結果對於第二起事件，我們依然只能服從凶手的指示。

我們甚至連驚慌失措的權利都沒有。

二

「那我們分頭行動，一部分的人負責包屍體，另外一部分的人負責消除腳印嗎？——啊，不行。凶手肯定會想確認我們有沒有確實完成工作，所以我們不能分開行動。大家一起依序完成任務吧。先從包裹屍體開始。我們去別墅拿防水布和彈力繩吧。」

澤村先生帶頭，朝別墅邁開腳步。

我們這次走的路線與來時不同，是往南側走的路線。凶手的長靴腳印也是往這個方向延伸。也就是說，我們正在追循凶手來工具小屋殺人，再返回別墅的路線。

然而，這條路上有些奇怪的地方。

在長靴腳印旁邊的地面上，斷斷續續地散布著寬約十公分左右，似乎是用木板之類的東西劃過的痕跡。

「這是矢野口先生的腳印吧？爲什麼只有這些腳印被抹掉了？」

藤原先生隨口一問。

沒人回應他的問題，因爲這麼做可能會被視爲試圖找出凶手身分。

大家的沉默也讓藤原先生意識到了這一點，沒再追問下去。

如果是普通的殺人案件，藤原先生指出的疑點想必成爲警方率先提出，詳加討論的問題。

從別墅到現場，再從另一條路回到別墅的長靴腳印，想必是屬於凶手的腳印。凶手從別墅西側的步道前往工具小屋，在工具小屋殺害矢野口先生後，再從南側的步道回到別墅。

那麼矢野口先生的腳印在哪裡呢？我們在地面上沒看到他那雙名牌運動鞋的腳印，取而代之的是與長靴腳印平行，斷斷續續出現在地面上的摩擦痕跡，而且還只有單程而已。

也就是說，這就是矢野口先生的腳印，凶手還刻意在返回別墅時抹掉。

凶手自己的腳印依然留在地面上。凶手之所以要求消去腳印，可能是爲了避免日後進行精密的科學鑑定時，警方能從腳印的深淺推算出凶手的體重——之類的情況。凶手大概是認爲我們這些外行人無法嚴縝測量出腳印的深淺，判斷叫我們善後也沒問題。

既然如此，凶手爲何要親自抹去矢野口先生的腳印呢？只要像長靴腳印一樣，交給我們處理不就好了嗎？

不對，說起來，凶手到底爲什麼要抹去矢野口先生的腳印呢？

凶手想消除自己的腳印還可以理解，但是消除掉受害者的腳印又是爲什麼？

矢野口先生想當然耳是靠自己的雙腳走去工具小屋。雖然不知道他爲什麼要半夜前往工具小屋，不過這一點應該沒有疑問。

被害者自己留下的腳印又不可能留下指出凶手的線索——

就在我左思右想的時候，我們已經回到了玄關門廊。

雖然先前沒注意到，不過別墅玄關附近的外牆上，立著一塊看起來像是地板多餘材料的木板，看起來是前天原本放在工具小屋旁邊的東西。

木板底部沾滿了泥巴。

「原來如此，凶手就是用這個消除腳印。」

草下先生以不經意的語調說道，不過他自然沒再追究下去。

凶手以外的人想必都對腳印之謎感到疑惑，然而大家都假裝對這件事毫不在意。即使去問綾川小姐，她恐怕也不會給出答案。

除了腳印以外，還有一處奇怪的地方，引起了我的注意。

玄關前廊的石階上，有類似擦拭鞋底泥巴的痕跡。

剛才有人在這裡擦掉泥巴嗎？應該沒有才對。說起來，因爲沒有其他腳印，從昨晚下雨到今早大家在前廊集合的這段時間，除了凶手和被害者以外，應該都沒人踏出別墅。

也就是說，這也是凶手所爲嗎？

「趁還沒超過三十分鐘，我們先暫時解散吧？」

在澤村先生的提議下，我們決定在開工前先休息五分鐘。

正當我準備上二樓房間時，綾川小姐來到我的身邊低聲詢問。

「里英，我記得妳有一件防風外套，對吧？可以跟妳借一下嗎？」

「呃？哦，好啊，沒問題。我待會拿過來。」

「謝謝。」

我搞不清楚是怎麼一回事。她要拿這件防風外套做什麼呢？

綾川小姐微笑著轉身，走回自己位於一樓的房間。

五分鐘後，我們再次聚集在玄關大廳。

父親抱著從儲物間取來的防水布和彈力繩。

澤村先生也從會客室拿來裝著貝殼和石頭的抱枕套，以及另一個空的抱枕套。大概是擔心待會會用到。

我把黃色的防風外套遞給綾川小姐。

「妳說的是這個吧？」

「啊，太好了，多謝——啊，因爲剛才覺得有點冷，跟里英借了外套，眞不好意思。」

父親看到買給女兒的防風外套被人借走，露出意外的表情。綾川小姐連忙向他解釋。我們等她穿上外套後，再次回到工具小屋。

捆包屍體的工作在草下先生和澤村先生的主導下進行。

草下先生抓著矢野口先生的肩膀，澤村先生則抓著他的腳踝。兩人小心翼翼地把矢野口先生放在鋪在石板地上的防水布上，然後像捲壽司一樣把屍體包裹起來。

剩下的其他人則靜靜站在後面，觀看兩人工作的過程。

大家都露出一副坐立難安的樣子。畢竟我們現在正在替殺人犯效勞。

我對這件事沒太多罪惡感。畢竟無論凶手的意圖是什麼，把屍體包起來，在某種意義上，也算是對死者的一種尊重。

只是我不禁覺得，這場從昨天早上拉開序幕的異常狀況，彷彿正在一步步侵蝕這座島，導向無可挽回的局面。

「好了，這樣應該可以了吧？我們完全沒確認屍體的狀態喔。」

草下先生隔著防水布輕撫矢野口先生的屍體，然後開始用彈力繩綁防水布。

草下先生的作業十分嚴謹。他在腳踝、腹部、脖頸三處綁了無法輕易解開的繩結。不知道是不是建築工程用的綑綁方式？

「如何？我確實綁好了，這樣應該沒問題吧？」

「是啊。我們還是問一下凶手好了。」

澤村先生拿起抱枕套，打算向凶手確認捆包方式是否符合要求。

我們按照往常的做法，進行投票，然後打開抱枕套。

打開抱枕套一看，只見裡面裝的是六個貝殼和一個石頭。凶手的回覆是「否」。

凶手有所不滿！氣氛頓時緊張起來，好幾人像是打嗝似地尖銳抽氣。

一直以來，我們不論問什麼，都是得到肯定的答覆。澤村先生和草下先生辦事也看不出有任何差錯。我們莫非不小心觸怒了不可理喻的神明嗎？

我們屏住呼吸，小心翼翼觀察彼此的神色。

「大家先冷靜下來吧。有什麼問題的話，我們再改就好了嘛？如果這個綑綁方式不好，我們重新綁就好了，對吧？」

大家聽從澤村先生的提議，再次進行投票，得到肯定的答案。

大家都鬆了一口氣。失誤似乎並非不可挽回。

「那問題出在哪裡呢——要是凶手能寫在紙上告訴我們就好了，不過應該沒辦法吧？」

留下指示就可能留下證據，凶手想來會盡量避免。

「——總之請讓我再多問幾句吧。問題是出在防水布嗎？」

投票結果出爐，答案是「否」。

「那麼問題是出在彈力繩嗎？」

答案是「是」。

我想起國中一年級時和同學玩的碟仙。儘管同樣是向詭異的神祕存在詢問意見，不過我們當時是抱著嘻笑玩鬧的態度提問；現在則是一群大人圍在一起，認眞探討結果。

「是彈力繩的種類嗎？不能用現在的這種彈力繩嗎？」

答案是「否」。

「是彈力繩的綁法嗎？只要重新綁就好了嗎？」

答案是「是」。

答案出爐了，草下先生的綁法似乎不合凶手的心意。

澤村先生解開彈力繩的繩結，用不鬆不緊的力道，重新綁了一個普通的死結。

「怎麼樣？這樣可以嗎？」

答案是「是」，凶手終於給過了。

用防水布裹起的屍體挨著工具小屋的牆壁，被安置在石板地面上。

「哎，原來我的綁法有問題嗎？」

草下先生歪著頭自言自語。

再次經過五分鐘的休息之後，我們著手進行第二項工作——處理地上的腳印。
我們拿了立在別墅牆上的木板，又找到另一塊木板，由兩人拿木板鏟去地上的腳印，其他人魚貫跟在後面，確認防滑鞋底的痕跡都消失無蹤。
大家輪番拿木板，輪流進行作業。
這個工作比包裹屍體順利。大家沿著環島步道走到工具小屋，再回到別墅，處理完一路上的腳印後，再次進行「碟仙」儀式，確認是否符合凶手要求。這次的投票直接通過了。

三

上午九點多，我們還沒吃早餐。
我們各自分開用餐。我用盤子盛了摻水果的燕麥片，端回自己的房間吃。
大家都開始對集體行動感到疲累。
部分原因固然是出於與殺人凶手共處一室的恐懼。除此之外，在替殺人現場善後的過程中，我們還要一直擔心凶手的身分可能會意外曝光。畢竟我們如果不小心發現凶手無意間掉下的鈕釦，搞不好就會引發整座島爆炸，導致全員喪命。

幸好凶手殺人並未留下明顯的證據。儘管只有被害者的腳印被凶手刻意抹去，仍然讓人疑惑不解。

腦袋快爆炸了——這是網路常見的一種說法，我自己有時也會在和朋友聊天時用到。恐怕沒有比眼下更適合這句話的情況了。我一方面對矢野口先生的死隱約感到自責，另一方面，卻慶幸這場謀殺順利成功。與此同時，我還得小心翼翼避免揭露凶手身分。

我愈想愈覺得腦袋快要當機。我心不在焉地將乾燥的麥片送入口中。

話說回來，綾川小姐到底打算做什麼呢？昨天她說「也許會需要找出凶手」，情況有什麼變化嗎？

吃完早餐後，我把碗盤帶到樓下廚房。大家正好準備到會客室集合。

因爲聯絡時間到了。大家在不知不覺之間，形成早晚各聚集一次進行對外聯絡的默契。

父親、草下先生和澤村先生三人移動了櫥櫃，從裡面取出了裝著手機的束口袋。

「那麼有需要聯絡的人就請吧。不過這也只是避免外界懷疑我們爲何還待在島上，所以可能也不用那麼頻繁——」

澤村先生環視大家一圈。

房間裡的氣氛比處理腳印之前更爲陰沉瘋狂。大家先前都忙著完成凶手指示，無事可做之後，便陷入比昨天更嚴重的混亂狀態。

特別是藤原先生和野村小姐，樣子明顯不太對勁。

藤原先生一臉蒼白，無意識地來回掃視房間，彷彿在尋找逃跑的路徑，或是被某種東西吸引了注意力。他的樣子不像單純的茫然不安，更像是因矢野口先生的死，失去了某種精神支柱。

野村小姐則是一臉悲切。小孩的事情和島上事件顯然讓她的內心幾近崩潰。

一陣試探的沉默之後，草下先生舉起了手。

「可以讓我先嗎？我也差不多該打給家裡了。」

他從東口袋裡拿出自己的手機，放在桌上，點擊聯絡人中的「芳子」。

——喂。

「喔——喂，芳子嗎？嗯，我只是想看妳那邊還好嗎。」

——那、那個，其實我忘記交補助金的申請了。申請的期限是上週，我明明填好文件，也裝到信封裡了，但是好像沒寄出去。

「啊？妳到底在搞什麼飛機啊？真是的。」

草下先生的語調像是突然換了個人，變得非常凶狠。大家都嚇了一跳，擔心起這通對話的走向。

——眞的很對不起，我不小心忘了。

「不是說對不起的問題吧？妳到底爲什麼會忘掉？我不是說了好幾次，叫妳不要忘掉嗎？妳還跟我說『知道了啦』，結果呢？實在有夠可惜。現在已經沒辦法申請了嗎？妳問過了嗎？」

——還沒，不過今天是週六，得等到放假結束再去問。

「妳到底在幹什麼啊，眞讓人無言。」

都到了這種時候，草下先生還有餘力對區區補助金的事情生氣，讓我不禁感到驚訝。

不過我馬上就意識到，他其實不完全是爲這件事生氣。

從事件發生以來，看似冷靜沉穩的草下先生其實也累積了不少壓力。只是在這座島上，大家不能向凶手發火。

無處宣洩的情緒找到出口後爆發了。草下先生想必是想把不滿發洩出來。

他對妻子又罵了兩三句之後，可能是覺得再罵下去太過火，便粗暴地掛斷電話。

「哎呀，抱歉。見笑了。」

他把手機扔回束口袋，盤起雙臂，低頭坐進沙發。

草下先生突然發火，讓大家清楚地感受到這座島隨時可能突然爆炸。會客室陷入了一陣沉默。

「啊，那我也能向家裡打個電話嗎？」

父親在壓抑的氣氛中，小心翼翼地拿出手機。由於電池快沒電了，他先把手機連接上充電器，然後撥打了母親的電話。

父親的通話內容與草下先生完全不同，顯得非常悠哉。他和母親聊了早餐吃什麼、今天有沒有遛狗之類的無聊話題後，結束了通話。

接著澤村先生也拿出手機，簡單回覆一些訊息後，立刻收起了手機。

藤原先生和野村小姐都沒查看手機。我想反正也不會有什麼重要消息，便沒舉手。

「我也可以看一下嗎？雖然就只是看一看確認而已。」

最後輪到綾川小姐。只見她將手伸進束口袋，尋找自己的手機。

這麼一說，她昨天並未使用手機。

她打開了郵件應用程式和社群媒體，收到的信只有購物網站的電子報和電信公司的明細通知而已。

「嗯，沒事，我用完了。」

綾川小姐把手機放回去，東口袋再次被封印起來。
會客室的聚會就此散會。大家接下來必須各自想辦法，渡過比昨天更加不安的一天。

四

上午十一點左右，別墅裡的每一個人不是關在自己的房間裡，就是像倉鼠一樣在島上來回散步。大家都在想辦法消磨漫長時光。
我走出房間，本來想喝水，結果剛走到樓梯旁，就遇到了從一樓上來的綾川小姐。她還穿著我借給她的防風外套。
「里英？」
她用令人心頭一緊的低語聲叫住我，似乎在提防被其他人聽到。
「太好了，我正打算去找妳。我想找妳跟大室先生再討論一下，而且我有東西想讓你們一起看看。」
綾川小姐這麼說了，我自然無法拒絕。不過她想讓我看的東西會是什麼呢？
下樓後，我們來到父親房門前。綾川小姐確定沒人看見後，沒有敲門就直接打開了門，示意我趕快進去。

父親正縮起身子坐在床上，似乎是在等綾川小姐帶我來。

綾川小姐盤腿坐在父親對面的床上，我也跟著在她旁邊坐下。

「不好意思久等了。我有很多事情想找兩位一起集思廣益——」

「不，呃，雖然妳這麼說——」

父親看起來有些困惑，我也明白他爲什麼會感到不知所措。

發生了第二起殺人事件，矢野口先生似乎就是因爲試圖揭露兇手的身分而被殺。在這種情況下，眞的該繼續偷偷討論事件嗎——這應該就是父親的疑慮所在。

我還是不明白綾川小姐的意圖。

「找兇手還是不太好吧？只剩今天和明天了，只要安分渡過這兩天不就好了嗎？」

「嗯，如同昨天所說，我也認爲我們該小心謹愼。只是我不確定我們是否眞的不用繼續找兇手。對於矢野口先生被殺的理由，我覺得不能對兇手說的話照單全收。」

「妳的意思是？」

被父親一問，綾川小姐不知爲何靦腆笑了笑，然後右手伸進褲子口袋裡，掏出了一支有皮革保護套的手機。

手機絕無道理從綾川小姐的口袋出現。由於炸彈的引爆裝置就是手機，我和父親都緊張了起來。

不過很快地，我們就想起這是誰的手機。

「這是矢野口先生的手機，對吧？」

「嗯。」

手機應該被封印在會客室的束口袋，爲什麼在綾川小姐手上？我很快就想到答案。

「——難道說，妳跟我借防風外套，就是爲了這個嗎？」

「嗯，沒錯。」

她扯開黃色防風外套的袖口給我們看。

剛才她把手伸進束口袋取手機時，偷偷把手機藏進袖子裡。防風外套袖口有鬆緊帶，袖子又很寬鬆，剛好讓她偷渡手機。

我對她的大膽行爲感到驚愕。父親也還沒反應過來，茫然盯著綾川小姐手上的手機。

「昨天我們說過想了解被殺害的小山內先生，但是最後什麼都不清楚。結果今天就發生了第二起事件。不過關於矢野口先生，倒是有辦法能了解他的個人情況。」

「妳是爲了這個目的才把手機拿出來嗎？沒問題嗎？要是被兇手發現了——」

「如果我在途中察覺到任何一絲危險，我就會馬上作罷。不過大家似乎都忘了這支手機，事情非常順利。」

當時正值聯絡時間，加上突如其來第二起案件帶來的混亂，除了綾川小姐，沒人注意到死者的手機還留在束口袋裡。

「可是手機不是有上鎖嗎？」

「我記得手機的圖形鎖。昨天早上矢野口先生用手機時，我特別留意過他怎麼解鎖。」

昨天早上要聯絡本土的時候，矢野口先生打開了手機。因爲手機規定要在所有人監視下使用，解鎖時的動作自然無法避開眾人的目光。不過他只用過一次手機，我早已把他的圖形鎖圖案忘得一乾二淨。

「那麼妳看過裡面的資料了嗎？有什麼線索嗎？」

「我看過了。雖然不知道算不算線索，不過有個地方有點可疑。」

綾川小姐按下手機電源鍵，在圖形鎖的畫面畫了一個漩渦狀圖案，成功進入主畫面。

「雖然對矢野口先生有點過意不去，不過我看了他和別人聯絡的內容。基本上沒有什麼可疑的對話。」

綾川小姐依序點開電子郵件和交友應用程式的圖示。

信件大多是業務聯絡，內容多半是關於投資信託和虛擬貨幣。我粗略地瀏覽了最近的信件，沒看到任何私人往來的信件。

交友應用程式中留下的顯然是援交紀錄。因爲父親顯得有些坐立不安，綾川小姐便迅速關掉了應用程式。

「——嗯，大致上都是這種無關緊要的內容，不過有一處令人在意的地方。」

她打開了社群媒體應用程式，裡面有幾條未讀訊息，像是「抱歉遲了，了解」、「下週請多指教」等。綾川小姐跳過這些未讀訊息，指向底下一個聊天室。

「就是這個。首先，請看對方的名字——」

聊天對象名字顯示的是「小山內雄二」。

「嗯？這是那個小山內先生吧？」

「是的，名字對得上。而且這個頭像，看起來不就是小山內先生的帽子嗎？」

頭像是一張背影的照片。照片中人所戴的帽子，和小山內先生一樣，都是迷彩花紋的棒球帽。

「這很奇怪吧？前天矢野口先生和小山內先生還說他們不熟，只是透過大室脩造先生聽過彼此的名字。」

沒錯，當時他們還在港口交換了名片。然而，三天前他們就已經在互相聯絡了。

「這是怎麼回事？矢野口先生和小山內先生難道故意裝成初次見面的樣子嗎？」

「看起來就是這麼一回事。至於內容呢——」

綾川小姐點進聊天室，顯示訊息內容。

從數量上來看，事前採取行動恐怕不太可能。天氣也很惡劣。只要能撐過當天，應該就有辦法。就算最糟糕的情況發生，只要逃得掉，剩下的交給這邊處理就好。請放心吧。

這是來島三天前，小山內先生發給矢野口先生的訊息。矢野口先生的回覆則是：

你所說的「有辦法」是什麼？怎麼做？

來自小山內先生的回覆則是：

已找到地方，到時可帶路。

之後矢野口先生打了一通電話給小山內先生，通話時間約十分鐘。

兩人的對話紀錄就這麼多，其他過去的對話想必都被刪除了。

父親皺著眉，緊盯著手機螢幕。

我帶著像孩子試探父母情緒的心情，望向綾川小姐的臉，她察覺到我的困惑，擺出微笑。

「矢野口先生他們似乎在計畫什麼。」

「嗯，看來是這樣。」

綾川小姐說想讓我們看的，似乎正是這些訊息。

「應該和這座島有關吧？」

「是的，毫無疑問。」

訊息中並沒有寫下關鍵內容，所以無法明確得知他們的計畫到底是什麼，不過若是與這座島相關，我想得到的只有一件事。

父親把聲音壓到最低，低聲詢問：

「——是和炸彈有關嗎？這兩個人和炸彈有關係？」

「從這則訊息來看，似乎只能這麼解讀了。」

難道他們就是在這座島上囤積炸彈的罪魁禍首？結果他們還裝成毫不知情的樣子，混進這趟勘查之旅嗎？

仔細想想，和伯父有交情的他們與炸彈有關，並不算不可思議。在我的想像之中，我一直以爲炸彈犯顯然是一些極具反社會性格的人，因而粗心大意，未曾想過這種可能性。

父親看來也和我一樣。兩天前發現炸彈的那一晚，他也未曾懷疑炸彈的製造者竟然跟我們一起住在這裡。

「可是這兩人都被殺了吧？到底發生了什麼事？」

「這還是一個謎，所以我才覺得犯人說的『矢野口是因爲想揭露犯人的身分而被殺』，我們也許不能照單全收。」

眞是這樣的話，事件的動機是與炸彈有關嗎？

綾川小姐關掉手機畫面，放回口袋。

父親用右手按著太陽穴，發出工作疲憊時的低沉呻吟。

「妳打算採取什麼行動嗎？按兵不動或許不是最好的選擇，不過我們又能做什麼呢？」

「我現在就是在想這件事。」

綾川小姐的話語中，流露出些許對父親的不滿，但在下一秒，她又恢復了平靜的語調。

「——有一件事還是讓我很在意，那就是令兄的事情。你認爲脩造先生知道這座島成了炸彈儲藏庫嗎？」

「妳是說我大哥是否參與這件事嗎？嗯——」

父親這次不得不認眞面對兩天前晚上他刻意迴避思考的問題。

我也跟著思考起伯父參與製造炸彈的可能性。

話雖如此，我最後一次見到伯父，是在我還年幼的時候。記憶中的伯父形象，隨著這幾年未見的時光而逐漸磨損模糊，抹去稜角且被加以美化。雖然他確實是一個不太拘泥於常識的人，但要說他參與了大規模的犯罪行爲，還是讓人難以相信。

另一方面，父親似乎難以否定對兄長的懷疑。

「我覺得不太可能——但是事到如今，誰知道呢？發生了這麼多難以理解的事情，若是有人說我大哥其實是恐怖分子，我也只能接受了。至少我沒有在遺物中找到任何相關的線索，雖然我也不是全都檢查過就是了。」

「嗯，這也是。那麼還是來想具體一點的問題好了。我還有另一件想知道的事情，就是關於鑰匙的問題。」

「鑰匙？」

父親彷彿挨罵地微微抖了一下，顯然對沒有保管好工具小屋鑰匙一事，仍然感到內疚。

「是的，就是這棟別墅、工具小屋和小木屋的鑰匙。大室先生是從令兄家裡帶了鑰匙過來，對吧？別墅的鑰匙和別墅以外的工具小屋、小木屋的鑰匙是分別串在不同的鑰匙圈上。

「當我們抵達的時候，大室先生先打開了別墅的門，啓動了發電機。里英去找了工具小屋和小木屋的鑰匙，但是鑰匙不知爲何不見了，於是我們用了大室先生帶來的鑰匙——前天的情形大概就是這樣。

「大室先生，你帶來的工具小屋和小木屋的鑰匙，是從令兄家裡的哪裡找到的呢？是和別墅的鑰匙放在同一個地方嗎？」

隨著話題深入，綾川小姐的語氣愈發尖銳嚴肅。父親仔細思考一會，愼而重之地回答。

「不，鑰匙並沒放在一起。別墅的鑰匙在我大哥房間書桌的抽屜裡，工具小屋的鑰匙則在保險箱裡。通常我大哥來島上時，只會帶著別墅的鑰匙，其他建築的鑰匙都留在別墅裡。所以這次我也以爲只需要帶別墅的鑰匙就行，因爲工具小屋的鑰匙應該就在別墅裡。

「後來我打算查看土地相關的文件時，剛好在保險箱裡發現了一串鑰匙，不過因爲上面什麼標記都沒有，我也不確定是不是島上的鑰匙，總之就帶過來了。」

「原來如此，所以大室先生原本可能只帶了別墅的鑰匙？」

「是的，要是我當時沒注意到保險箱裡的鑰匙的話。我跟澤村先生說過，就算最壞的情況是我們進不了工具小屋或小木屋，但還是能看看別墅和島上的狀況，應該也就足夠了。這次的事情果然是我的問題嗎？要是我沒多事，多帶了鑰匙過來，事情就不會——」

「從因果關係上來說，如果大室先生沒把鑰匙帶來，事情可能就不會發生，但我想沒人會因此責怪你。」

綾川小姐冷淡地回答。

確實沒錯。如果說父親該被責備，也該是因爲他沒有及時報警，或者是把裝著鑰匙的外套隨意丟在會客室。

「無論如何，被殺的兩人似乎都是罪犯吧？雖然還不清楚爲什麼他們會被殺——」

遭到殺害的人似乎參與了炸彈的製造。在綾川小姐提供的新情報中，這是對父親來說最具意義的資訊。

這項事實對減輕罪惡感有一定作用。即使是我，要我面對內心深處的想法的話，我也會希望被殺害的人是壞人。綾川小姐或許是想早點告訴我這個消息吧？

「我們還是對凶手是誰沒有頭緒。這些人看來至少都認識我大哥，雖然我們不得而知，不過他們過去說不定有什麼恩怨情仇。」

「實際上，矢野口先生和小山內先生就是事前就認識了。」

「矢野口先生的手機裡還有其他線索嗎？」

「什麼也沒有。恐怕與犯罪有關的對話都被他小心翼翼刪除了吧。」

「凶手會是在制裁那些與炸彈有關的人嗎？如果是這樣，我們最好還是安分一點吧？要是因為多管閒事而妨礙到凶手，結果送了命，豈不是太不值得了嗎？」

如果什麼都不做也能活命，袖手旁觀確實是最好的選擇。

然而，如果凶手的目的是要抹殺與炸彈有關的人，凶手最終的目標會是什麼？凶手自己又打算怎麼辦呢？殺完人以後就大家一起回本土？凶手不可能有這麼天真的計畫吧？

結果父親的話不過是老調重彈，無法提供任何解答。

「是的。無論做什麼，安全始終是最重要的。」

綾川小姐的回覆也依然是她一再給出的回答。

綾川小姐可能期待透過從手機中得知的事實，能從父親那裡得到新的情報。父親的話是否有用呢？她到底在尋找怎麼樣的情報呢？

「對了，我還有一件事想確認一下。這次的旅行是由我們公司的澤村提議吧？還是在令兄過世後不久，大概兩個星期前左右吧？」

「是的，沒錯。」

「還有草下建設的兩位之所以加入，也是澤村提議請他們來做修繕工程的估價吧？除此之外，羽瀨藏不動產的小山內先生他們來，我記得是對方聽到勘查旅行的消息後，主動要求同行的，對吧？我雖然對詳細經過不太清楚，但從澤村的講法來看，應該是這樣的感覺。大室先生，你對這部分清楚嗎？」

「嗯，應該就是這樣吧？當時是澤村先生說認識我大哥的不動產商也想一起來，問我可不可以。他們似乎是透過我哥哥認識的。」

「矢野口先生參加應該也是類似情形吧。他說機會難得，詢問澤村能不能讓他一起來。據我所知，不動產公司的兩人和矢野口先生要來，應該都是旅行前三天才決定的，對嗎？澤村沒跟我說得很詳細，但我記得出發三天前聽到還有三人要來，我當時覺得未免太倉促。」

「啊，對，應該沒錯。澤村先生到快出發的時候，才問我還有人想來，可不可以讓他們同行。」

旅行三天前的話，正好是小山內先生和矢野口先生在手機上聯絡的那段時間。

綾川小姐雙手按著膝蓋，露出沉思的表情。

父親小心翼翼地開口提議：

「請問用矢野口先生的手機，偷偷向外界求救的話，這樣不好嗎？」

「我覺得還是不要這麼做比較好。即使我們成功瞞著凶手報警，警方派船或直升機來救援，也不保證我們能平安登上船或直升機。凶手看到援兵接近，可能就會立刻啓動引爆裝置。而且即使我們成功在那之前制伏犯人，引爆裝置也可能設置了定時器，依然很危險。」

我早就知道綾川小姐會這麼說。

凶手的「十誡」中規定複數人不可聚集超過三十分鐘。如果凶手眞的非常謹愼，或許每三十分鐘就會重新設置炸彈的定時器。如果是這樣，我們就無法輕易逮捕凶手。

「唔，這樣啊。」

父親失望地嘆了口氣。

「說起來，矢野口先生的事件裡有一件奇怪的事。他的腳印不是被擦掉了嗎？那個到底是怎麼一回事呢？」

即使父親聲稱什麼都不做比較好，對腳印之謎顯然也是耿耿於懷。

爲什麼凶手要消除被害者的腳印？

在不可尋找犯人的前提下，腳印之謎或許是這起事件目前唯一合乎常理的謎團。凶手強制我們遵守誡律，強迫我們替殺人現場善後，結果卻自己湮滅證據。以事件的一環來說，反而顯得過於正常。

「腳印之謎對於鎖定凶手的身分應該具有重大意義——我雖然有些想法，但還沒整理清楚，理論也不夠完整，現在可能還不適合說出來。」

「嗯——這樣啊。」

「是的。」

這場談話雖然是由綾川小姐提議發起，但她似乎對父親猶豫不決的回應感到有些厭倦了。意識到這一點，我也不禁感到有些坐立難安。

父親對於自己的疑問被含糊帶過感到不滿，但很快就被其他煩惱占據了思緒。他接著提出的是一個充滿眞實感的不祥可能性：

「我現在說的只是假設喔？假設命案不會就此結束，因爲有一就有二，而有了二，也許就會有三。如果我們剛好碰到第三起命案發生，從某個房間聽到打鬥聲或慘叫聲，我們該怎麼辦？到時候我們也無法衝進房間阻止，因爲如此一來，我們就會知道凶手的身分。只要有人踏進房間，可能就會決定島上爆炸的命運。這樣的話——如果我們發現某處可能正在發生謀殺，我們是不是必須迅速離開現場，以免妨礙凶手？這是我們能做出的最佳選擇嗎？」

我也模糊地想過這個問題，但並未認眞以對。

然而，一旦想像起具體的情境，我就感到一陣毛骨悚然。我們不僅要在事後默許兩起命案，還必須默許今後可能發生的謀殺嗎？

「這可能確實是最好的選擇。」

綾川小姐這麼回答。要說的話，這話確實沒說錯。

無論如何，對於我和父親來說，一切都太過不確定。說不定根本沒有什麼炸彈。眞是如此的話，默認謀殺只會突然增加一名受害者。

「綾川小姐，如果是妳遇到那樣的情況，妳會怎麼做呢？」

「——現階段來說，我可能也會選擇離開現場，避免妨礙凶手的行爲。因爲我無法承擔讓島上爆炸的風險。」

綾川小姐用冷酷的聲音回答。

父親帶著無奈的表情抓了抓頭，頻頻朝我投來視線。

我明白了父親在想什麼。

默許殺人是情非得已，無可奈何。

但是如果即將被殺的是我呢？到時該怎麼辦？

父親絕不會袖手旁觀。無論有沒有炸彈，他都一定會想辦法救自己的女兒。我對此深信不疑，我知道他很愛我。

換作是我，雖然我認爲機會不高，不過如果知道父親的生命受到威脅，我也絕不會坐視不管。

綾川小姐看著我和父親，彷彿看穿我們之間的掙扎，開口說道：

「如果里英遭到凶手襲擊，而大室先生爲了保護里英而出手阻止，我覺得也是情有可原，難以苛責。我甚至不知道該說什麼來勸阻，只能希望這樣的事情永遠不會發生。

「不過雖然沒什麼保證，但是里英成爲下一個受害者的可能性應該很低。畢竟她和脩造先生已經多年未見，和島上其他人也是初次見面。大室先生如果完全不知道炸彈的事，應該也暫時沒有被盯上的理由。不過即便如此，也仍然不能掉以輕心。」

「嗯——說得也是。」

雖然綾川小姐的話聽起來只是安慰之詞，但似乎仍讓父親稍微安心了一些。

討論也到該結束的時候。因爲時間已經將近三十分鐘，要是讓其他人起疑就不妙了。

確認走廊上沒有人後，我們錯開時間，一個接一個地離開了房間。

五

正午時分，綾川小姐和我在環島步道散步。

我離開父親的房間時，她邀請我一起散步。我們比照昨天的模式，約好了時間，在南邊的小木屋前會合。

「今天天氣也很不錯呢。」

「啊，是啊，的確是。」

昨夜突如其來的陣雨，彷彿洗去天空殘存的些微陰霾，把天空打磨得澄澈透明。乾冷的湛藍天空透著一股寒意。昨日仍顯晦澀的冬日氣息，如今已瀰漫整片天空。

短暫的對話後，我們默默地散步。

我想起高中二年級的某個假日，當時我正要出門與朋友碰頭，途中巧遇班導師。她是一位二十多歲的女老師，一路陪我走到車站，還問我準備去哪裡、在學校過得開心嗎，努力避免對話冷場。

直到今天，我仍有些後悔當時沒能更熱情地回應她。後來聽到同學們在背後抱怨，說假日遇到班導師還被攀談實在太煩人，讓我感到很難過。

綾川小姐一路上沉默寡言。她沿著懸崖，緩步走在我半步之前。

我能清楚感受到她正在掙扎，猶豫是否要向我透露關於事件的某些事情。昨晚她提到或許不得不指認凶手，想來她對於這次事件該如何劃下句點，心中已有計畫。至於先前父親提到的腳印問題，她雖然只是含糊帶過，但其中想必也有明確的意圖。

哪怕只是一點能讓我安心的消息，我也希望她願意告訴我，讓我有所依靠。

假使她已有計畫，或許她是擔心告訴我會對計畫造成影響。畢竟我們前天才認識，她還不知道能對我信任到什麼程度。

地面還沒完全乾透，儘管泥濘的路面讓我們步伐沉重，我們仍繼續往前走。

「綾川小姐。」

「嗯？」

我開口叫住綾川小姐。她停下腳步，盯著我的臉。

「綾川小姐是一個人住嗎？」

「咦？嗯。」

「妳有交往的對象嗎？」

綾川小姐對我突如其來的問題瞪大了眼睛。

我問出口後，馬上意識到這個問題不太恰當。不過考慮到我一開始浮現腦海的問題是

「妳有朋友嗎？」，相比之下，現在這個問題已經好上一些了。只是我還是應該再多斟酌措辭才對。

「現在沒有。爲什麼會想問這個？」

「啊，呃……」

我頓時語塞。

不過綾川小姐立刻察覺到我的意圖，露出了笑容。

「啊，我懂了。剛才妳看到我打開手機，所以才這麼問吧？妳是不是在想這個人怎麼都沒人聯絡？」

「呃，唔——」

其實確實是這個原因，但我並無惡意。只是因爲綾川小姐看起來不像是過著孤獨生活的人，才讓我感到意外。

「嗯，應該只是剛好處於這樣的時期吧。朋友不太聯絡，我自己也覺得不聯絡也沒什麼關係。」

「原來如此。」

我對這種感受再清楚不過了。

「里英呢？妳有在和誰交往嗎？」

「啊？沒有啦——」

明明只要簡單說「沒有」就好，我卻多嘴了。

「我高三的時候，曾經跟一個人有類似交往的感覺。我們大概維持了三個月，但是後來我發現他會把我們一起去哪裡、做什麼，全都告訴他的朋友，也不知道他是想炫耀還是怎麼回事。這讓我愈來愈煩，最後不知不覺就分手了。從那次之後就沒有其他經驗了。」

這段往事似乎莫名戳中綾川小姐的笑點。她放聲大笑，清亮的笑聲幾乎要響徹整座小島，讓她慌忙伸手摀住自己嘴巴。

「——不過我懂。仔細一想，其實我過去的戀情說不定都是這樣。每次結束，我總會想自己到底在做什麼。我的壞毛病大概就是擅自對別人有過多的期待，然後又因此失望。」

綾川小姐放鬆了下來，露出了天眞無邪的表情。

接下來，我們沒再談起案件的事情。

我告訴她，自己曾因講師的稱讚而得意忘形，還自以爲了不起地四處給人建議，結果考試落榜，成了笑話。現在還在繼續上補習班。

這件事我連家人都沒講，此刻卻莫名覺得正是坦白的時機。綾川這次並沒有笑，而是認眞地聆聽。

「——我好不容易因爲事件而不再去想考試的事了，結果現在又想起來了。下週我就要回補習班繼續上課了。雖然現在完全沒有眞實感，也還不知道能不能平安回去。」

「一定能回去的，放心吧。」

綾川小姐若無其事地說。

「綾川小姐，妳有什麼能確保我們平安離開這座島的計畫，對吧？」

「嗯，有啊。大家把那份指示稱作『十誡』，但我實在覺得很可笑。畢竟誡律本該是用一生去遵守的，這樣搞得好像是在嘲弄眞心信仰宗教的人。再說，那些誡律也只適用於待在島上的這段時間而已。所以問題就在於，我和里英接下來該怎麼辦。」

「我相信綾川小姐。因爲除此之外，我別無選擇。」

「是嗎？謝謝。」

綾川小姐微微一笑，步伐略微加快。

我們很快就走到了小山內先生的屍體所在處。

距離第一起事件已經過去整整一天。不知道屍體有沒有什麼變化？

綾川小姐依然用和昨天一樣的姿勢蹲在懸崖邊，仔細觀察小山內先生的狀況。我也盡量壓低身體重心，伸長脖子望向懸崖下方。

「從這裡看，似乎沒什麼變化呢。」

「是啊。」

屍體依然以與昨天完全相同的姿勢倒臥在岩石上。或許皮膚顏色有所變化，但從懸崖上方無法分辨。他的衣服仍然因爲昨晚下的雨而濕漉漉的。

昨天綾川小姐曾經提到，如果潮水在大潮時上漲，屍體可能會浸泡在海水中，進而抹去證據。

然而，從今天的情況來看，這種可能性似乎不大。潮水並不足以淹沒屍體。即使等到後天早上，海水恐怕也無法觸及岩石。

話雖如此，綾川小姐當時也承認，她的說法只是一種假設，並非眞的認爲會發生。

此刻，她正一臉認眞地檢查屍體的狀況，身體幾乎探出懸崖邊緣，專注的模樣讓我感到心驚膽跳。

就在綾川小姐雙手撐膝，準備站起來的時候，她的腳卻陷入濕泥中。

或許是因爲長時間維持跪姿，造成手腳發麻，使她無法立刻恢復平衡，調整姿勢。

「啊。」

「哇！」

我們同時驚呼，慌亂中我一把抓住綾川小姐的手臂，結果連我也跟著重心不穩，害我瞬間覺得背後一涼。

我拚命拉住綾川小姐，最後兩人一起重重倒在地上。

我們全身都沾滿泥巴，但好在總算穩住重心，不再有掉下懸崖的危險。

那一瞬間的恐懼蒸發後，我們忍不住笑了起來。

等呼吸平復下來後，我和綾川小姐有默契地一起慢慢站了起來。

「——眞是驚險呢。」

「嗯，差點把里英也拖下水了。」

綾川小姐攤開黃色防風外套的下襬。

「對不起，讓外套沾滿了泥巴。」

「那倒是沒關係啦——」

我們開始拍掉身上的泥土，對於自己搆不著的地方，則互相幫忙清理，盡可能把泥土拍落乾淨。

「我們是不是該回去了？時間好像快到三十分鐘了。」

「里英眞是認眞。嗯，是該回去了。」

我們開始朝別墅走去，周圍沒有其他人影。

當我們快走到玄關門廊時，綾川小姐停下了腳步。

「這個可以再借我一下嗎？我會盡量把它弄乾淨。」

她指防風外套。

「當然，完全沒問題。」

「謝謝妳。等我們平安離開這座島後，我就還給妳。」

她的話聽起來就像是在戰場上立下的約定。

和昨天一樣，我先進了別墅，綾川小姐則繼續在外面散步。

六

下午的時間無所事事，沒有任何必須去做的事情。

與綾川小姐分開後，我的內心突然湧起一陣不安。或許聽起來有些奇怪，不過即便身處這種險境，我卻非常享受和她在一起的時光。畢竟一旦獨自一人，我就會想起問題都尚未解決，也不知道自己能否活著離開這座島。

我在別墅裡四處閒逛，結果被父親擔心。他叮囑我：「如果沒事，就盡量待在房間裡，把門鎖好。」

我決定聽從他的建議，畢竟沒必要再讓他增添煩惱。

在回房間之前，我先去了伯父的房間，想找些東西來打發時間。手機已經被沒收，若只是待在房裡抱膝發呆等待，實在讓人難以忍受。

書架上擺放著幾十本小說，全部是翻譯作品。伯父顯然對日本作家的作品興趣缺缺。

我並不算是熱愛閱讀的人，大多數作家和書名對我來說都很陌生。書架上有湯瑪斯．曼的《魔山》、賽珍珠的《大地》、艾茵．蘭德的《阿特拉斯聳聳肩》，還有托馬斯．品欽的《萬有引力之虹》等。我甚至不清楚這些作家分別來自哪個國家。

不過我在書架上發現了兩本聽過的書，一本是加西亞．馬奎斯的《百年孤獨》，另一本則是喬治．奧威爾的《一九八四》。

我隨手翻了翻，因爲《一九八四》是文庫本，文字讀起來也簡單易讀，我便拿著它回到二樓的房間，用讀書消磨了整個下午的時間。

我已經記不清，上次如此沉浸在故事中究竟是多久以前的事了。

令人意外的是，即使處於生命受到威脅的情況，我竟然還能專心閱讀。而且也許枝內島正是最適合閱讀這本書的地方。

除了書名之外，我對《一九八四》毫無事前了解。這是一部描寫極權主義統治的近未來反烏托邦小說，書中的市民時刻遭受監視，甚至連思想都受到徹底管控。反抗者將面臨酷刑，最終被處決。

如今，這座島無疑已經成為一個反烏托邦。與小說不同的是，它並非基於某種思想，精心設計建構出來的反烏托邦，而是透過炸彈這種簡單的手段，臨時打造出來的反烏托邦。這裡發生了殺人事件，但我們被禁止追查凶手的身分。我們受到凶手控制，被迫遵從命令，甚至提供協助。

我已經沒有力氣反抗，只能選擇將一切交給綾川小姐。無論如何，只要能活著離開這座島，我就別無他求了。

七

太陽西下，時間來到下午六點。

父親來叫我下樓吃飯。與昨天相同，似乎有人還是希望大家能夠一起共進晚餐。

當我走進一樓餐廳時，大家已經各自就座。

菜單與昨晚無異，我的調理包咖哩也已經盛好擺在桌上。

「哦，大家都到了吧？那麼就開動吧。」

澤村先生的聲音聽起來毫無氣力，幾乎像是在自言自語。

其實不只是他，每個人看起來都筋疲力盡。昨天之前，我們還以為只要靜靜等著時間過去就好，但是第二起命案的發生，讓這一切變了調。下一個死的或許會是自己，而且到時無法指望任何人會來救自己。

草下先生默不作聲，顯得很不耐煩。野村小姐雙臂交疊在桌上，完全不碰她的咖哩。藤原先生顯得焦躁不安，不時用湯匙敲著杯緣，偷偷觀察著其他人的表情。父親則蜷縮著身子，努力降低自己的存在感，靜靜地吃著飯。

餐廳裡瀰漫著一股詭異的氛圍。我們開始理所當然地接受並遵從犯人的指示，彷彿只要按照規則行事，就能活下去。大家已經對懷疑感到疲憊，開始放棄思考。我們正在逐漸適應這個反烏托邦的生活。

在這樣的情況下，事件最終會怎麼收場，大概全看綾川小姐如何行動。只見她率先吃完飯，不經意地暗中留意每個人的情況。

「那麼我們待會再來給大家時間，讓大家用手機聯絡一下吧？雖然也只剩一天了。」

澤村先生強調解脫的時刻即將來臨。雖然這是基於凶手的神諭完全正確的假設，但是事到如今，也沒人再提出任何質疑。

按照慣例，五分鐘後，我們再次在會客室集合。

裝著手機的束口袋被拿出來，拆下封條。澤村先生像對待某種神聖的物品一般，小心翼翼地把束口袋放在桌子中央。

「誰要先來？」

澤村先生顯然已經不打算聯絡。他似乎認爲如果後天早上就能恢復自由，不需要再看手機讓自己心煩意亂。

「我就算了。反正也沒什麼要講的。」

草下先生在今早聯絡時間的時候，還對著妻子怒吼，現在似乎也做出和澤村先生相同的決定。

「我可以用嗎？應該只是再確認一些通知而已。」

綾川小姐說道，伸手探進束口袋。

與往常一樣，她的手機依舊只收到購物網站的通知。然而，她的眞正目的並非查看郵件，而是趁機悄悄地將藏在袖口裡的矢野口先生的手機放回束口袋。

接著輪到父親打開手機。他看到母親發來的訊息：「冰箱星期五會送到。」父親簡單地回覆：「很好啊。」

藤原先生並沒有拿起他的手機。自從昨天早上手機被收走後，他就再也沒查看過手機。

我也不打算確認手機。

剩下野村小姐。從昨晚起，她就一直無視妹妹因爲兒子闖禍而發來的憤怒訊息。

她慢吞吞地拿出了手機，發現主畫面上的未讀訊息又多了幾條。猶豫片刻後，她嘆了一口氣。她雖然不想和妹妹交談，但還是擔心兒子的情況。

就在這時，她的手機震動了。來電顯示是妹妹的名字。野村小姐四處張望，確認沒有可以依靠的人後，手指顫抖著點下了接聽按鈕。

「喂？」

——喂！妳是怎麼樣？爲什麼不接電話？我都要以爲妳出了什麼意外。

「沒有啦，對不起，我有點忙。」

——忙？什麼意思？有忙到連回訊息都做不到嗎？妳訊息都還顯示未讀，是有看到我發的訊息嗎？

「嗯，妳是說小翔弄壞了電視，對吧？」

——妳有看到嘛！那爲什麼不回我？眞的很麻煩耶，小翔拿著果汁罐到處扔，結果砸到電視上，自己把電視弄壞，還自己哭了起來。就算哭我也不能怎麼樣啊。

——然後他今天又鬧了一天。沙彩邀朋友來家裡，原本想看電影，結果根本看不成，因爲電視壞了。她們沒辦法，只好玩手機遊戲，結果小翔又硬要湊熱鬧來煩人。沙彩朋友一走，他們倆就大吵一架。

——不好意思，我可是完全站在沙彩這邊喔！結果小翔就把自己關在房間裡，我叫他吃晚飯，他都不出來。

——我說妳到底什麼時候回來？明天嗎？我眞的搞不定了，拜託妳快點回來接他走吧！

「呃，我可能後天才能回去——說不定會更晚一點。」

——什麼？那我還得照顧他那麼久？整整兩天？拜託妳也差不多一點。

——像妳這種隨便結婚生孩子又離婚的人，我身邊眞的沒見過第二個。

大家圍在野村小姐身旁，隨時準備應對。她的精神狀態顯然已經瀕臨崩潰。

——喂，妳不說點什麼嗎？姊，妳這樣以後能好好當家長嗎？要是老是跑來依賴我，我也是很困擾耶！

「那個啊，其實我這邊也出了大事——」

大家驚呼出聲。

藤原先生是第一個衝向桌上手機的人，他立刻按下紅色的結束通話按鈕，隨後狠狠地將手機摔在沙發上。

「妳在幹什麼！不是說不能提島上的事嗎？妳是想讓大家一起送死嗎？」

野村小姐跪倒在地毯上，用袖子遮住眼睛。

「妳還好嗎？」

綾川小姐從她身後伸出手臂，輕輕地攬住她。

「我不是想要透露島上的事。我只是想說，我這邊也顧不上其他事而已。雖然說明明是自己孩子的事情，卻說成是其他事，我這樣也太差勁了——」

野村小姐開始輕聲啜泣。

大家只能先靜靜等著，讓她平復情緒。

就在這時，扔在沙發上的手機再次震動，似乎是她妹妹又打來了。

草下先生出聲詢問：

「野村，妳沒跟妳妹妹說過妳要去哪裡吧？」

「嗯，我只說是要去一座島上場勘，沒說是哪座島。」

「那妳還是別再接電話比較好吧？說得愈多，也只會愈難受。發個訊息就好了吧？」

野村小姐依照他的建議，打下訊息：「對不起，等我回去後會詳細解釋。」

「這樣的訊息應該不會惹怒凶手吧？這樣該不會算是傳達島上的異狀？」

「要不要問問看凶手？」

在澤村先生的提議下，我們以「碟仙」的方式詢問凶手的想法。凶手並未責難此事。簡訊發送出去後，野村小姐深吸了一口氣，跪坐在地毯上。

「我覺得妳做得很好。回去後如果需要，我可以陪妳一起向妳妹妹解釋。」

草下先生的安慰之詞，與這座島的氛圍格格不入，顯得空洞而蒼白。止住淚水的野村小姐低聲說了聲「謝謝」。

手機被重新封存，會客室的聚會也就此解散。

八

晚上九點前，時間還太早，不到入睡的時候。我坐在床上，伸展雙腿，隨手翻閱剛剛讀完的《一九八四》。

我在恍惚間思考，如果接下來還會有人被殺，被殺的人會是誰呢？

其實我已經有了明確想法，對第三位犧牲者是誰，已經有了答案。只要看過矢野口先生手機裡的訊息，就能清楚推測出來。看看第一位和第二位受害者，第三位就不難猜測了。

可是現在的我對此卻毫無感覺。

我昨天還在煩惱，自己或許應該去警告可能被殺的人，告訴對方要小心。然而這樣的糾結早已消失。

這也是無可奈何，畢竟費力反抗，結果致世界崩壞的話，又有什麼意義呢？

我就像身處反烏托邦世界的普通公民，只是一味遵從秩序。我已經把自己的思考與行動，完全交由那個既是獨裁者、也是神的凶手來決定。

一旦下定決心，我反而覺得輕鬆了些。雖然不安依然像白噪音般，持續在內心嗡嗡作響，但至少不會再進一步變大。

不過——如果明天眞的出現第三具屍體，我是否還能保持這樣的心境，就不得而知了。

我或許會重新感受到早已麻木的罪惡感，或者只是對自己的推測正確而感到安心，覺得即便眞相仍然撲朔迷離，但至少一切正按照某個既定的軌跡發展。

又或者說，一切的推測都錯了，希望活著的人卻成爲犧牲者嗎？我想到這裡，一絲恐懼悄然湧上心頭。

還是說，明天根本什麼事都不會發生？

這種可能性應該極低。凶手不會讓事件最後一天的預定一片空白。

我關了燈，躺進被窩裡。

明天究竟會發生什麼事？我在忐忑中又帶著一絲期待。

第四章　湮滅證據

一

「喂，里英，里英！」

這天早上，我再次被父親慌張的叫喊聲吵醒。

我甩了甩頭，穿上外套，解開房門的鎖。

「妳醒了嗎？出事了，又發生了命案，大家都在樓下集合了。」

父親神情異常冷靜地告訴我這件事。

「誰死了？」

這句話幾乎是脫口而出，話一出口，我才意識到自己的反應過於冷漠，直接跳過了應有的震驚與遲疑。然而，父親只是微微愣了一下，並沒有責備我。

「總之，下去就知道了。」

他說得沒錯，反正缺席的人就是死者。

玄關大廳中，剩下的四個人已經聚集在一起了。澤村先生、草下先生、野村小姐，還有綾川小姐。加上我和父親，這就是所有人了。

見大家到齊，草下先生舉起手中的月曆紙片，展示給眾人看。

「這個又被留在玄關門廊上了。」

這張紙片無疑是凶手留下的新指示。草下先生一早醒來，便像取早報一般，去檢查玄關是否有新的訊息。果然這次又發現了一張月曆碎片。而且月曆的照片是相連的，顯然與前兩天留下的字條來自同一個人。

這次的指示是迄今爲止最長的一條。草下先生先念出開頭：

藤原因違反指示，試圖解除炸彈或逃離小島，因而死亡。發現這則訊息的人，應立即召集別墅內所有人，前往工具小屋，打開地下室的蓋子，確認藤原的屍體。

然而，確認時僅限於地面上觀察，任何人不得進入地下室。因爲地下室內留有能夠明確指認凶手的證據。此外，現場周圍的任何物品皆不得觸碰。

指示後面還有更多確認屍體之後應該採取的行動。

草下先生沒有繼續念下去，而是把紙條摺起來。

「接下來才是問題，總之我們先去看看地下室的情況吧。畢竟指示上是這麼寫的。」

他帶頭走向工具小屋。

我們六個人的步調完全一致，彷彿默契十足。大家似乎都已經開始習慣依照凶手的指示去確認屍體。

我們繞到工具小屋的東側，走到距離門口約十公尺的地方時，草下先生停下了腳步。門口附近的地面上，有一個鐵製的上掀蓋。

自從三天前傍晚以來，我便沒再關注過地下室，甚至毫不在意。即便沒有發生任何事情，從我小時候起，那裡就一直是個不該輕易靠近的地方。

昨天在矢野口先生的屍體面前亦是如此，大家在接近現場前都顯得格外謹慎。萬一凶手不小心在蓋子附近留下了什麼證據，可能就會導致整座小島的爆炸。

我們站在遠處，小心翼翼地觀察蓋子。周圍的石板似乎比昨天更加髒了，沾滿了泥土，但除此之外，沒有發現任何異常。

大家互相默默點頭，然後謹慎地朝工具小屋走去。

來到門前，草下先生蹲下身，伸手握住握把。

「準備好了嗎？我要打開了喔？」

大家都微微蹲下，目光緊盯著蓋子。

鐵蓋被緩緩打開。裡面昏暗無光，地上鋪滿了紙箱和塑膠布。我們站在一步之遙的地方，從這個角度只能看到洞穴的部分情況，無法看清裡面還有什麼。

下定決心後，我們往前一步，俯身望向地下室。

「哇！搞什麼！這也太誇張了！」

草下先生率先驚叫出聲。

映入眼簾的是一隻人類的腳。

那是一隻從膝蓋處被切斷的右腳，包裹在垃圾袋裡，掉在洞穴的地面上。

在地下室的中央，擺放著幾把鋸子。沾著血的修枝鋸和鋼鋸被排列在抹布上。

藤原先生被分屍了。

再往深處望去，是藤原先生剩餘的身軀。

他的屍體躺在藍色的塑膠布上，頭朝向這邊，看來分屍作業尚未完成。

由於地下室昏暗無光，加上摺疊桌投下的陰影，使我們無法看清屍體的全貌。但他上半身的衣服明顯被血或其他東西染了色，脖子上纏繞著類似電線的繩狀物。

屍體臉色慘白，不知道是腳被切斷的關係，還是單純因爲地下室的光線過於陰暗。

草下先生像是要將一切甩開似的，用力摔上蓋子，金屬碰撞的聲音刺耳地迴盪在空氣中，嚇得大家一震，用茫然的目光打量彼此。

「大家已經看夠了吧？眞是快受不了了。」

草下先生神情厭惡地拍掉手上沾染的泥土，極盡小心地擦拭雙手。

我蹲在石板地面上，試圖理解剛剛目睹的一切所代表的意義。

昨晚我在被窩裡思索了一整夜。

如果又有人遇害，下一個被殺的會是誰？

我有非常明確的預感，而事實證明我的預感是對的。我認爲第三位受害者會是藤原先生，而他果然成爲了下一個死者。

只要看過矢野口先生手機裡的對話，誰都能想到這一點。前兩起事件的受害者似乎都是與炸彈有關的人。那麼剩下的人當中，誰最可能成爲下一個目標？答案明顯就是藤原先生。

他與最早被殺的小山內先生屬於同一家不動產公司，想來他來這座島的目的，應該與小山內先生相同。小山內先生、矢野口先生、藤原先生，這三人都與製作炸彈有關。

我早已知道可能會發生第三起事件。一如我所料，藤原先生遭到殺害。

儘管我試圖讓自己麻木不仁、乖乖聽從凶手的指示，但當我站在藤原先生的屍體前，罪惡感仍不斷湧上心頭。

如果我有心阻止，確實有辦法防止這場悲劇發生。我可以警告藤原先生，讓他提高警覺，不給凶手下手的機會。

然而，如果我這麼做，凶手很可能會直接引爆整座島嶼。試圖拯救他，最終卻可能害死所有人——即使看到第三具屍體帶來的衝擊，讓我眼前一陣暈眩，我仍死死默念早已反覆確認過多次的事實，努力維持理智。

基本上，我早已做好心理準備，知道會發生第三起謀殺。但我完全沒想到這會是如此恐怖的分屍案。

澤村先生提出了理所當然的疑問：「凶手是殺了藤原先生，還打算——分屍嗎？」

「嗯，看上去是那樣沒錯吧。」

草下先生用拳頭叩叩地敲了敲鐵蓋。

「爲什麼凶手需要這麼做呢？」

「如果不分屍，就無法搬運吧？如果凶手是在地下室行凶，情況大概就是如此。畢竟人的身體可不輕。」

草下先生的語氣冷漠，彷彿只是在談論搬運建築材料一般。

「藤原先生半夜究竟來這裡做什麼？他是試圖闖入工具小屋嗎？」

「大概是吧，指示上是這麼寫的。」

在地下室的深處，天花板上有一道通往工具小屋內部的蓋子，凶手理應已經設法將它封住。或許藤原先生試圖從那裡潛入工具小屋，卻被凶手發現並殺害——如果相信指示內容，事情就是這樣。不過缺乏確切證據，也可能是凶手誘騙他來到這裡，然後將他殺害。

凶手是在這個地下室中殺害了藤原先生，並對他的屍體進行分屍。若要將屍體運出地下室，或許除此之外，別無他法。畢竟進出地下室必須依靠旁邊的梯子，若非力大無窮，根本無法直接把屍體扛上去。

分屍是一項耗時的工作，凶手可能原本打算趁著晚上完成，最終卻來不及。一旦天亮，被人發現的風險大增，所以凶手不得不放棄未完成的工作，先行離開現場。

「凶手的目的究竟是什麼？把屍體運出去後，凶手打算怎麼處理？」

「指示上面都有寫，我繼續讀下去。」

草下先生對澤村先生一連串的提問顯得有些不耐煩，說完便再次攤開手中的指示。上面詳細寫著如何處理藤原先生的屍體，以及接下來大家應該做的事情。

確認完屍體後，所有人必須遵循以下指示：藤原的屍體及所有相關證據將被投入海中，而這項工作將由凶手親自負責。

「——凶手要自己處理後續工作？」

澤村先生發出疑問，因爲昨天的經歷，他以爲這次處理屍體的責任又落到自己身上。

「對，指示上是這麼寫的。」

草下先生半信半疑地回答，接著繼續念。

藤原的屍體在分屍後將被搬運至地面，並使用工具小屋內的橡皮艇，將屍塊運至海上難以搜索的地方，予以處分。

在這項工作完成之前，除了凶手之外，所有人必須待在別墅內，不得外出。

在處理屍體的過程中，我們全員都要留在別墅裡等待。

然而，這樣一來，凶手不就會暴露自己的身分嗎？

凶手顯然也考慮到了這個問題。指示的後續寫明，爲了防止大家找出處理屍體的人，必須採取以下行動：

待機必須按照以下步驟進行：

首先，必須取出封存在會客室內的矢野口手機，並將其放置在玄關附近。所有人必須在上午九點半前返回各自房間，並拉上窗簾、關閉遮雨板。

從上午九點半開始，每個人須按照事先協商決定的順序，間隔一分鐘依次打開房門，停留數秒後再關上，並從內側鎖好房門。於此過程中，嚴禁偷窺走廊的情況，也不得踏出房間一步。

換言之，我們所有人都必須待在自己的房間裡，輪流開關房門。雖然只是從室內開關房門，但是這樣一來，其他人就無法確定誰離開了房間。不知用途爲何，指示要求先取出矢野口先生的智慧型手機。

> 房門關閉後，凶手會在每間房門前，如同鹽堆似地堆放貝殼，並記錄下貝殼的堆疊形狀。若有人趁凶手不在期間擅離房間，便會立刻被發現。
> 另外於此期間，凶手可能還會敲門。屆時絕對不能開門，必須從室內敲門回應。

在銷毀證據的過程中，凶手無法確認其他人是否待在房間裡，因此必須在門前堆放貝殼。只要門一打開，就會推倒貝殼堆，室內的人也無從得知貝殼原本是堆放成什麼形狀。

如此便會形成一種封印：如果凶手回來後發現堆放的形狀改變了，就會判斷有人曾經進出房間。

敲門應該是爲了防止有人趁開關房門時，瞞著凶手偷偷溜出房間。

在各房間被封印之後，矢野口的手機將被設置於屋內某處並開啓錄音模式，隨後凶手便會離開別墅前往處理屍體。

於此期間，所有人必須保持靜默，不得發出任何聲音，不得打開遮雨板向外窺視。

矢野口先生的手機正是用來確保凶手不在時，剩下的五個人不會互相交談，以免揭穿凶手的行蹤。而我們當然也不得窺探凶手正在進行的工作。

證據銷毀作業預計於下午一點完成。凶手結束作業後，將確認每間房門前的貝殼封印是否保持原樣。

此時，凶手會按響玄關門鈴。門鈴響一次，表示作業時間延長三十分鐘；響兩次便表示延長一小時。每增加一次，即代表須再增加三十分鐘作業時間。

作業完全結束，門鈴會連續響起數秒。凶手在連按門鈴之後，會在別墅內的某處等待。

作業時間預估約三個半小時。

凶手還親切地特別提供了預測時間。雖然對於凶手來說，完全不必多此一舉，但如果在完全不知道何時結束的情況下待在房間裡，可能會有被恐懼驅使的人突然做出脫序行爲，因此事先確定時間想來比較安全。

當聽到鈴聲連續響起時，所有人必須確認時間。

等待十分鐘後，每個人必須依次離開房間，前往浴室洗澡。洗澡時，須確保全身徹底清潔，包括頭髮也必須洗淨。洗完後，大家必須立刻返回各自的房間，過程中不得進入浴室以外的任何房間。

指示上，要求大家必須輪流獨自前往浴室洗澡。

凶手結束工作後，身體想必很髒。不過就算凶手想洗掉工作造成的髒汙，只有自己一人一副剛洗完澡的樣子，又會顯得可疑，所以才會強制全員都要洗澡。

每個人洗澡的時間限制爲二十分鐘，絕不可超出時限。洗澡的順序必須按照先前開關房門的順序進行。在往返浴室的過程中，必須大聲開關房門。下一位洗澡的人，須在聽到前一位關門的聲音後，才能離開房間前往浴室。

這樣安排的目的是避免有人在進出過程中相遇。凶手可以神不知鬼不覺地混入大家之中，返回自己的房間，不留下半點證據，讓人毫無頭緒是誰處理了屍體。

當所有人都洗完澡後，才可走出房間並互相見面。

然而，自由時間僅限於三十分鐘，之後所有人必須再次回到各自房間等待，直到次日早上九點半門鈴連續響起爲止。於此期間，凶手將播放手機錄音，確認凶手不在時，是否有人曾經交談或發出可疑聲響。等待的期間，所有人必須盡可能避免離開房間或去上廁所。

只要以上所有步驟皆確實遵守，待到翌日清晨，凶手便會允許大家聯絡外界，讓船隻前來接應。

漫長的指示終於結束。

草下先生將月曆的紙片疊好，沉重地站起身來，其他人也跟著起身。

「凶手要我們做指示上的這些事嗎？凶手會親自把藤原先生的屍體丟進海裡，於此期間，我們則必須關在別墅裡，是這個意思吧？」

澤村先生確認似地詢問。

「嗯，應該是吧。這樣就能在不讓人察覺凶手身分的情況下銷毀證據。這還眞是精心設計的計畫啊。」

草下先生揮了揮寫著指示的紙條。

隨之而來的是一片沉默，我們彷彿是課堂上被老師拋出數學難題的學生。大家都在思索，是否還有服從凶手指示以外的其他選項。

如果想不出其他辦法，就只能照指示內容執行。難道這樣就好了嗎？我心裡其實希望有人能替自己做出決定。

「凶手果然拿著工具小屋的鑰匙吧。想來也是，這種東西不可能隨便丟掉，總是會留著以防萬一。」

草下先生提到了第一天大家討論過的問題。

凶手到底是一直攜帶著工具小屋的鑰匙，還是已經將其丟棄？從指示的內容來看，鑰匙應該還在某處，否則凶手就無法從工具小屋裡拿出橡皮艇。

如果是這樣，我們是否有辦法搶走鑰匙——除了凶手以外，在場每個人的腦海中，或許都閃過了這樣的大膽想法。

然而最終來說，這個想法並不現實。凶手不一定會隨身攜帶鑰匙，甚至可能將其藏在島上某處，找到的可能性極低。此外，一旦開始搜尋鑰匙，凶手可能會立即決定引爆整座島。

一直沉默旁觀的野村小姐輕聲說道：

「在銷毀證據的期間，我們的性命只能交到凶手手上了呢。」

其實別說銷毀作業的這段時間，自從兩天前早晨開始，我們的生死就已經在凶手的掌控之中。但我明白她想表達的是什麼。

接下來，凶手將會留下我們五人在別墅內，獨自駕駛橡皮艇出海，處理藤原先生的屍體。凶手理論上也會攜帶引爆裝置。萬一凶手心血來潮，決定在海上引爆炸彈呢？這樣一來，凶手就能在保障自己安全的情況下，將我們所有人一併殺害。

「不，等等，這不是昨天討論過的嗎？就像昨天說的那樣。如果凶手眞的打算殺光我們，昨晚就可以直接動手，根本不需要浪費時間分屍。既然凶手願意親自處理屍體，那至少說明凶手還是打算放我們回去吧？」

澤村先生也不知道是對誰說，用討好又帶著幾分懇求的語氣提出了這個問題。

他舉起帶來的抱枕套。

「要姑且問問看嗎——」

他似乎想要確認，只要我們乖乖配合，是否眞的能平安脫身。

這其實是個毫無意義的提問。無論凶手眞正的打算如何，凶手都不會回答「不」。

即便如此，我們還是照例進行了「碟仙」儀式。與其說是爲了聆聽神諭，更像是一場表達順從的儀式。彷彿只要這麼做，就像得到一張毫無根據的免罪符，可以換取些微安全感。

當抱枕套打開時，答案自然是「是」。

我們得出大家早已心知肚明的結論：我們要遵從凶手的指示。

我們六人一同朝別墅走去。

我在途中，走到綾川小姐身旁，偷偷觀察她的表情。我想知道她打算如何應對，但我們卻無法交談。她的表情中也透露著與大家相似的緊張，但是當她注意到我時，卻輕輕握住了我的手腕，像是在無聲地給予鼓勵。

二

現在是上午八點半，還有一小時就要準備好。

大家都在為即將被關在房間裡數小時而做準備。食物和水必須提前備好，而且在這段期間無法使用廁所，因此每個人都在房內準備了洗臉盆、水桶、垃圾袋和衛生紙。

我希望能盡量避免使用這些東西，所以打算少吃少喝。

接著是書籍的選擇。

「即使不有趣也沒關係，還是帶一兩本書進房間比較好吧？能打發時間的手段總是多多益善嘛。」

在澤村先生的建議下，大家開始從伯父的書架上挑書。

長時間被困在房間裡，只能無所事事地等待作業結束，誰也無法保證是否會有人因此精神崩潰。而凶手的計畫正是建立在所有人都能保持理性的前提下。一旦有人承受不住壓力衝出房間，打破規則，後果將不堪設想。因此，我們決定盡可能找些能讓自己保持冷靜的事情來做。

即便如此，伯父的書架上也沒什麼特別適合即將被炸死的人閱讀的書籍。大家興趣缺缺，但還是認眞地勉強挑了幾本書。

當我看到綾川小姐借了厚重到不可能在下午之前讀完的《萬有引力之虹》上下集時，我差點忍不住笑出聲來。

我自己已經讀完了《一九八四》，於是又回到書架翻找。

在書架角落，我發現一本昨天沒注意到的書。我拿出來一看，竟然是《聖經》，書本身是黑色皮革裝訂，是舊約和新約的合訂本。書頁隨處可見折角痕跡，已經有人讀過。

聖經或許正是少數適合在即將被炸死時閱讀的書。雖然感覺一點也不有趣，但既然這座島上不時提到「十誡」，我便決定帶回房間看看。

接著，我去了廚房。爲了以防萬一，我準備了兩小袋餅乾和一瓶瓶裝水。我雖然打算不吃不喝，但是凶手的作業時間可能會比預期更長，還是準備一下比較好。

我在櫃子前挑選食物時，父親走了過來。

「啊，里英。」

他低聲喚我，四下張望。大家都在忙著準備自己的閉關物資，沒有人靠近我們。

確定附近沒人後，他壓低聲音問道：

「矢野口先生的手機沒問題吧？綾川小姐眞的還回去了嗎？」

指示上寫到凶手會利用手機錄下自己不在時的聲音。

「嗯，昨晚她確實放回去了。」

在昨晚的聯絡時間裡，我看見綾川小姐悄悄地把手機滑回束口袋裡，但父親似乎沒注意到，從剛剛開始就一直擔心這件事。

「那就好。眞是驚險，要是她不小心忘了還回去，可就麻煩了。」

「是啊，不過我覺得應該沒事吧？綾川小姐很謹愼，這種事她應該也考慮到了。」

父親看起來對我爲何如此信任綾川小姐感到疑惑，臉上顯得一臉狐疑。

「里英，不管綾川小姐還有什麼想法，我們現在不也只能聽從凶手的話嗎？」

「也許吧。不過到最後，我們還是沒搞清楚凶手的目的，無法保證我們可以安全回去。我和爸早就已經放棄思考了，不過綾川小姐或許還能做點什麼。」

低聲說這些話時，我無法調整語氣，聽起來就像是在生悶氣。看似心情不佳的女兒讓父親有點畏縮。在這座島上，每一次不經意的對話都可能是最後一次的對話。

我突然感到一絲愧疚。現在吵這種事情根本毫無意義。

「爸，小心一點喔。」

離開廚房時，我用盡全力說出這句話。

父親只是以不安的表情點了點頭，回了一聲「嗯」。

上午九點十五分左右，我們六個人在客廳集合，準備決定房門的開關和洗澡順序。

「這種事情隨便決定就好了吧？」

草下先生說著拿出紙條，在上面寫上數字一到六，然後用尺裁開，做成籤紙。

他把紙條摺好後打亂，讓我們每人抽一張。我抽到的籤上面寫著「3」。

「那麼我們把時間表寫下來，帶在身上吧。雖然沒什麼要做的，但萬一弄錯就糟了。洗澡的順序也比照辦理，沒問題吧？」

我們每個人都拿到了一張單面空白的廢紙，列出自己該做的事情：

・上午九點三十二分，開關房門，鎖起房門。

・聽到敲門時應答。

・門鈴聲連響後的五十分鐘後，在二十分鐘內完成淋浴（須等上一個人的進出聲響後才行動）。

我的時間表看上去非常簡單，但是絕對不能出錯。我們彼此對照六人的時間表，確保沒有問題。

「好了，接下來是手機。」

草下先生、澤村先生和父親移動櫥櫃，取出束口袋。草下先生從束口袋掏出裝了皮革保護套的手機。

「呃，這個應該就是矢野口先生的手機，對吧？」

他把手機拿給大家看。

「對，應該沒錯。」

綾川若無其事地回答。

「對了，凶手有辦法解鎖手機嗎？」

「應該可以吧。矢野口先生之前不是當著大家的面解鎖過嗎？」

澤村先生和草下先生這樣對話，昨天父親和綾川之間也有過類似的對話內容。

手機被放在玄關的踏墊上。

我們巡視了六個房間，確認窗簾和遮雨板都已經關好。所有人共同確認，以免出錯。

確認後，我們圍在一樓樓梯附近，檢視最後步驟。此時是上午九點二十三分。

「差不多該回房間了吧。大家都帶好時間表了嗎？千萬別睡過頭喔。晚安——」

我們各自回到自己的房間。

三

我盯著牆上的無線電波鐘，靜靜等待著。

九點三十分，秒針剛過十二，我便聽見走廊傳來房門開啓的聲音，想來是澤村先生。幾秒後，我又聽見門關上的聲音。

一分鐘後，第二扇門開啓，這次應該是野村小姐。

再過一分鐘，輪到我了。我握住門把，伸手推開房門，數了五秒，然後砰地關上，再轉動鎖鈕上鎖。這樣第一個步驟便完成了。

開關門的聲音每隔一分鐘響起一次，依序分別是輪到父親、綾川小姐和草下先生。至少大家似乎都按照指示完成了第一個步驟。

這段時間內，只有凶手走出走廊。

這棟別墅結構良好，只要動作謹慎，開關門時幾乎不會發出聲響。但如果一不小心，金屬門鎖仍可能發出喀噠或吱呀聲響。因此凶手才打算反其道而行，讓所有人都有機會打開房門，藉此掩蓋自己的行動。

我在門前坐了一會。

此刻，凶手應該正逐一到每個房門前堆放貝殼。由於走廊鋪著厚厚的地毯，我聽不到凶手的腳步聲，也聽不到放貝殼的聲響。

就在我放鬆警惕的時候，突然聽到走廊傳來相機的快門聲，讓我差點跳起來。接下來，走廊傳來兩聲輕輕的敲門聲。我立刻敲門回應。

那聲快門聲是怎麼回事？稍加思索後，我立刻明白了。

凶手應該是在替堆放在門前的貝殼堆拍照。等作業結束後，凶手回到別墅，就能比對照片，確認是否有人擅自離開房間。

在快門聲之後，走廊便陷入了寂靜。

由於別墅的結構良好，加上凶手也刻意放輕腳步，玄關開關門的聲音並未傳到房內。

一分一秒地緩緩流逝的時間，彷彿正在一點一滴地銼削我的生命。

凶手差不多正在地下室裡，繼續進行屍體的分屍作業吧。

分屍實在太過缺乏真實感。要將屍體從地下室運出來，需要切成多少塊呢？是否只需要切掉手臂、雙腿和頭部？還是連軀幹也必須肢解？凶手也未必很熟練，這項作業可能會花費不少時間。

我坐在床上，翻開《聖經》。書頁上密密麻麻地印著雙欄小字，隨便翻開一頁，都是滿滿的陌生專有名詞或詩歌般的詞句。

若在平時，我恐怕根本提不起興趣閱讀，但如今「十誡」已成為我們的日常用語，讓我不禁覺得有必要了解它的出處。這座島嶼的現狀，也讓閱讀《聖經》顯得格外應景。

我快速翻閱書頁，尋找出現「摩西」這個名字的章節。當我在《出埃及記》中找到他的名字時，便開始跳著讀起與「十誡」有關的記述。

在《出埃及記》中，我讀到摩西如何帶領受迫害的以色列人離開埃及，前往應許之地迦南。

耳熟能詳的那個廣為流傳的摩西分開紅海的故事，就是發生在這段旅程中。摩西在神的旨意下施展奇蹟，他伸出手，海水隨即左右分開，讓以色列人順利通行；而當埃及士兵追趕過來時，海水恢復原狀，將他們吞沒。

「十誡」出現於此事不久之後。雖然聖經中未曾明確寫下「十誡」這個詞，但記載了十條誡律，以及摩西如何從神那裡領受刻有誡律的石板。違背誡律、崇拜偶像的人，最終將會受到懲罰。

正如澤村先生所說，讀書有助於保持冷靜，即便只是裝作在讀書，也多少能讓心情穩定一點。

我把手指夾在《出埃及記》結尾的書頁中，往後仰躺在床上，回想起曾經持有這本《聖經》的伯父。

伯父並不是個虔誠的信徒，可能只是把《聖經》當成一種修養，或單純當成異想天開的故事來讀。不過我記得在小時候，曾經有一次聽他講過跟基督教有關的故事。

當時我是在暑假期間來到島上。

那天晚上有流星雨，我和伯父一起仰望著夜空。

我已經記不得爲什麼會聊到這個話題，或許是面對大自然時產生的一些普通感慨吧。

「里英，妳覺得神存在嗎？」

「不知道，應該不存在吧。」

我身邊並沒有信仰虔誠的人，即便知道宗教的存在，但要讓一個孩子理解那些無形的東西可以成爲人生的支柱，對我而言是難以想像的。

「伯父呢？你覺得神存在嗎？」

「誰知道呢？不過我知道有些人是眞心信仰著神。他們因此能夠做出常人無法做到的事，甚至爲此付出生命。」

「他們會爲了神去死嗎？爲什麼？」

「因爲他們相信，爲了神而死是一種幸福，這樣一來，他們就能進入天堂。然而，爲了上天堂而選擇死亡是不被允許的。這麼做是爲了自己的救贖，屬於自殺，而自殺的人會下地獄。因此也有人說，在江戶時代，遭到幕府壓迫殺害的基督徒，有人原以爲自己能因此進入天堂，但最終墮入地獄。」

說完這些話，伯父笑了笑。

他有時會跟我這個小孩談論一些複雜的話題，這也是我喜歡伯父的原因之一。

我是到國中歷史課，才學到基督徒被迫害的歷史，因此當時還是小學生的我無法完全理解。不過這個連想法都有罪的故事所帶來的鮮明恐懼感，卻一直留在我腦海中，揮之不去。

在這座已然成爲反烏托邦的孤島上，我宛如一名等待處決的殉道者，壓抑著內心，努力忘卻恐懼。

上午十一點過後，從外頭隱約傳來一陣機械運轉的聲音。

凶手出海了！這陣聲響想必是橡皮艇的船外機引擎在運轉。

這是最讓人心神不寧的時刻。凶手會不會背叛大家，讓島嶼瞬間化爲火海？別墅裡是否會有人對此感到恐懼而失去理智，衝出房間？各種令人不寒而慄的念頭在腦中翻湧。

幸運的是，這些擔憂並未成真。別墅依然一片寂靜，所有人都忠實遵守著凶手的神諭。即便引擎聲漸行漸遠，小島依舊安然無恙，直至聲音完全消失。凶手此刻應該正在某個難以搜尋的海域處理屍體。

我仍然沒有食欲，只是稍微喝了幾口瓶裝水潤喉，沒有進食。

時間推移至正午，遠方再度傳來引擎聲，這次是處理完工作的凶手回來了。不只是我，別墅內的每個人此刻應該都鬆了口氣。至少這代表凶手並沒有打算引爆島嶼後獨自逃跑。

凶手的作業進度似乎相當順利。隨著處理屍體的作業結束，凶手接下來只剩最後的清理工作了。

時間來到下午一點，也是指示書上預定的作業結束時間。

門鈴激烈地連續響起。

凶手完成工作了！坐在床上的我連忙取出自己寫下的行程表，接下來便是洗澡時間。

我不斷提醒自己排在第三，還要再等五十分鐘，聽到前一個人的進出聲後才能離房。

一點十分，第一扇門的聲音響起，澤村先生去洗澡了。

一點二十六分，澤村先生洗完回到自己的房間。

一點三十分，輪到野村小姐出房間洗澡，但是她遲遲未歸，讓我感到焦急。直到一點四十九分，才終於聽見她關上房門的聲音。

確認時鐘的指針過了一點五十分，我才打開房門。

腳下突然傳來響聲，讓我嚇了一跳。原來是我推開房門，打散了擺在門前的貝殼堆。往走廊一看，澤村先生和野村小姐的門前也散落了一地貝殼。

我必須在二十分鐘內完成所有事，便匆匆走下樓梯。

自從來到島上，我還不曾使用過浴室。一方面是沒那個心情，另一方面是沒有餘裕在意身體的氣味。但是當我睽違三日淋浴時，感覺全身都得到了淨化。

儘管如此，我的時間並不多。我放棄用洗髮精洗頭，頭髮就算變得毛躁也無可奈何。洗了大約十分鐘後，我匆忙擦乾身體，因爲來不及吹頭髮，只能先用毛巾將就。

最後我比預定時間稍早，在十四分鐘左右就回到了房間。

接下來，輪到其他人依序洗澡。父親、綾川小姐、草下先生，每個人都精準地在二十分鐘內完成。

所有步驟都按照計畫順利進行。在下午三點三分左右，我聽見草下先生回房的聲音。

忽然，別墅內開始響起細微聲響，整個空間逐漸活絡了起來。大家終於可以出房間了。

四

下午三點十分。雖然沒有事先約好，不過大家不約而同地從各自的房間走出來，六個人聚集在一樓樓梯的附近。

大家都是一副剛洗完澡的模樣。或許是因爲順利執行了凶手的指示，氣氛中隱約透著一絲放鬆感。

「怎麼辦？要問一下，確認有沒有問題？」

澤村先生像往常一樣，提議進行「碟仙」。

我們詢問的問題是：「我們遵從了指示，這樣可以嗎？」——回答是「是」。可說是毫無意外。

大家對這個理所當然的結果感到滿意，聚會就此散會。

解散後，我們也稱不上完全自由，三十分鐘後還是得各自回房。

這段時間要怎麼渡過呢？我想和綾川小姐單獨聊聊。

然而不巧的是，她似乎身體不適，窩進了廁所。

其他人則紛紛出門散步。可能是因爲在遮雨板緊閉的房間裡待了太久，大家都渴望呼吸外面的空氣。

我也禁不住誘惑，想在小島四周走走，感受一下海風。沒過多久，外出的人似乎發現了什麼，引起一陣騷動。於是我沒等綾川小姐，便直接走出玄關。

大家聚集的地方，是與別墅相反方向的的東側懸崖，也就是小山內先生屍體所在的地方。只見父親和其他人都全神貫注地望著懸崖下，不明所以的我急忙趕了過去。

隨著我愈來愈接近，一股令人不快的燒焦味撲鼻而來，聞起來是蛋白質燒焦的味道。

「啊，里英——」

父親注意到我走來，立刻迎上前來，似乎想阻止我靠近眾人群聚的懸崖邊。那裡顯然有什麼東西，讓他猶豫著該不該讓我看到。

「可能會嚇到妳喔？還是別看比較好？」

「是什麼？很讓人好奇。」

我不理會父親，小心翼翼地踏上懸崖邊，確認腳下的狀況後，悄悄探頭向下望去。

果不其然，底下正是小山內先生的屍體。

然而，與兩天前的情況大不相同，屍體已經被燒成焦黑狀態。應該是被潑灑了大量汽油，幾乎整具屍體都碳化了，連骨架都隱約可見，顯然燒得相當徹底。

我回過頭，聽到父親用只有我能聽到的聲音低聲呢喃：

「凶手還真的這麼做了啊。」

所謂的「真的」，是指正如綾川小姐的推測，凶手焚燒了屍體來銷毀證據。兩天前，她就在會客室中提到，凶手可能會選擇焚燒遺體，確保不留痕跡。

就在此時，綾川小姐也走了過來。

「綾川小姐，妳還好嗎？是感覺不舒服嗎？」

澤村先生出聲詢問。

「嗯，我緊張到有點想吐，不過現在已經好多了。」

「是嗎？不過啊，如果妳還不舒服，可能不要看會比較好。」

澤村先生像父親一樣，對自己的部下提出了忠告。然而，綾川小姐也和我一樣，不受勸阻地走到懸崖邊，探頭向下望去。

「——還真的燒了啊。也就是說，凶手在銷毀證據吧。」

她故作驚訝地說道，彷彿先前從未想過凶手會做出這種事。

「嗯，畢竟搬運燃料很麻煩。趁大家都在別墅的時候動手，確實時機最合適。」

草下先生對凶手的行動安排表示認同。

眾人圍在懸崖邊，即使目睹了這具異常的屍體，也並未顯得特別震驚。

想來也是理所當然，因爲屍體被燒毀的事實，進一步驗證了大家在第一天所討論的理論：「凶手將大家困在島上，是爲了爭取時間銷毀證據。」既然如此，只要等到明天早上，大家應該就能平安離開這座島。凶手順利地逐一銷毀證據，反而成爲使大家安心的依據。

只有野村小姐和眾人拉開距離，垂著頭，雙膝跪地。

她的精神顯得很疲憊。在島上異常狀況和本土家人問題的兩邊夾擊之下，她顯得十分憔悴。結果她還得在這樣的狀態下，經歷漫長而異常的等待，直到凶手銷毀所有證據。

「野村小姐，妳還好嗎？是不是累了？」

綾川小姐蹲下身，試圖與她對視。

「——我們這麼做，眞的能被原諒嗎？就算我們平安回去，已經有三個人死了，還是這麼殘酷的死法。我們眞的沒有一點責任嗎？眞的是這樣嗎？」

野村小姐沉痛的嘆息在當下的氛圍中，顯得有些格格不入。

我們確實在配合凶手行動。我們沒有通報謀殺，還親手包裹了屍體，甚至在銷毀證據的過程中，盡可能遵從指示，以免凶手暴露身分。

這一切都是被迫的。沒有人能夠指責我們。

即便如此，罪惡感也不會完全消失。回到本土之後，這份罪惡感會不會像麻醉藥效退去後的痛楚一般，襲上心頭呢？

現在再怎麼思考也無濟於事。結論早已擺在眼前。

「我從島上回到本土之後，自然得回去過普通的生活吧？畢竟我還有孩子要照顧，也有各種責任要承擔──」

看來野村小姐看到凶手銷毀證據的計畫順利進行，似乎已經放下心來了，與此同時，她也開始害怕，自己將帶著這段經歷渡過餘生。

不過現在擔心這些還太早，畢竟我們還無法確定是否真的能平安回到本土。

「妳別擔心啦，不會有人說是妳的錯啦！對吧──」

草下先生試圖安慰她，但話說到一半，他突然意識到野村小姐也可能是凶手，後面頓時說不下去。

「再忍耐十幾個小時就好了。要煩惱的話，就等那時候再煩惱吧。」

澤村先生也斟酌措辭，試著安慰野村小姐。

野村小姐的異樣舉動，讓大家重新繃緊神經，清楚地回想起我們六人當中有一人是凶手，而且當凶手身分曝光時，也許所有人都會喪命。

「野村，妳要不要先回房休息一下？留在這裡可能會讓妳更難受，還是休息一下比較好。反正也只有三十分鐘。」

在草下先生的勸說下，野村小姐緩緩站起身。

看到她準備獨自返回別墅，草下先生跟在她身後。爲了防止任何一人的情緒失控而導致悲劇，我們必須盡可能照顧彼此的心理狀態。

「我也回去了。大室先生，你們也別待太久，畢竟只有三十分鐘的時間。」

澤村先生也跟在兩人後面，朝著別墅走去。最後只剩下我、父親和綾川小姐三人留在懸崖邊。

「眞的是燒得很徹底呢。」

綾川小姐重新望向崖底，仔細確認屍體的狀況。

「嗯，是啊，確實如此。這樣一來，即使驗屍，也很難查明具體情況了吧？」

父親像是隨口應和沒興趣的閒聊一般，語氣平淡地回應。

即使面對這具被燒毀的屍體，他也沒有顯得特別震驚。畢竟綾川小姐早就提過，凶手可能會選擇燒毀屍體來湮滅證據。更重要的是，我們從綾川小姐口中得知，小山內先生可能參與了炸彈的製造。

想到被害者本身也可能是犯罪者，就讓我們更心安理得地服從凶手的安排。

或許綾川小姐也希望能將這點告訴野村小姐。希望她保持冷靜。畢竟若想成功離開這座島，確保野村小姐的情緒穩定也至關重要。不過由於綾川小姐無法承認她偷看過矢野口先生的手機，因此她也無法直接說明這件事。

綾川小姐最後又朝懸崖下看了一眼。

「我們也回去吧。」

雖然還有時間，但我實在不想再繼續盯著焦黑的屍體了。

沿著步道往南走了一段路後，我們穿過島的中央，直奔別墅。

半路經過工具小屋時，父親像是發現了什麼稀奇的東西，指著小屋外牆的一角。

「啊，不見了。」

直到今天早上，矢野口先生的屍體應該都還被包在藍色防水布裡，放在那裡。

屍體消失也在情理之中，凶手應該是在把藤原先生的屍體拋入海裡時，順便把矢野口先生的屍體一同沉入海中。

「凶手讓我們包裹屍體，應該就是為了事先做好拋棄屍體的準備吧？這樣只要再綁上重物，就能直接拋棄。」

藤原先生的屍體位於地下室，周圍遺留了明顯的證據，因此凶手只能親自處理。矢野口先生的捆包作業就可以直接交給我們——就是因為這樣的原因嗎？

「事前準備這一點應該沒錯。凶手要我們捆包屍體，應該是因爲凶手需要我們這麼做，而不是單純把麻煩事推給我們而已。」

綾川小姐語帶深意地說。

我們來到工具小屋的正面，地下室的蓋子敞開著。

往裡面一看，藤原先生的屍體理所當然不見蹤影，甚至連地上的紙箱和防水布也被清理得一乾二淨。所有可能成爲證據的東西都被徹底清掉，地下室顯得空蕩蕩的。

「凶手做事可眞仔細啊。不然我們也很傷腦筋就是了。」

「是呀，看來現場甚至沒有留下任何血跡。」

分屍作業顯然進行得極爲謹慎。

對地下室的確認就到此爲止。畢竟沒什麼值得多看的，我們的時間所剩不多。

半小時的休息時間即將結束，我們接下來還得繼續奉陪凶手的種種要求。

「三點四十分的三個半小時後是七點十分。在這之前，大家只要待在自己的房間裡就行了吧。」

五

澤村先生一邊重讀指示，一邊再次確認最後的步驟。

我們再次聚集在玄關大廳的樓梯附近，時間再過五分多鐘，就到三點四十分了。

「雖然還有點早，不過我們就解散吧。」

第一天的「十誡」中規定，不可以在同一房間待超過三十分鐘。凶手極可能每隔三十分鐘就會重新設定炸彈的定時器。考量到這一點，爲了確保凶手有足夠的時間操作定時器，我們盡量提前五分鐘行動。

大家再次走向各自的房間。

我躺在臥房的床上，仰望著天花板。窗簾和遮雨板依然緊閉。雖然現在打開應該沒什麼問題，但總覺得心情沉重，提不起勁開窗。反而是門窗緊閉讓我覺得更安心。

這段時間是讓凶手檢查錄音檔的時間，好確保沒人在凶手不在時暗中聯絡，試圖揭露凶手的身分。

理所當然地，凶手不會允許其他人在這段期間自由行動。如果在這三個半小時的期間，只有一個人獨自待在房間裡，凶手的身分就顯而易見了。因此所有無辜的人也只能一起接受隔離。

比起等待處理屍體，現在這段時間心情比較平靜一些。這次至少還可以上廁所，而且結束的時間也很明確，還不用擔心凶手從安全距離引爆炸彈。

此外，除了凶手以外，我們都知道檢查錄音檔根本毫無意義。大家都乖乖遵守指示，在這段等待的期間內，沒有人發出任何聲響。凶手完全多慮了。

我甚至有點想告訴凶手，不用浪費時間聽三個半小時的錄音檔，大家都很安靜，不用擔心。當然，這種多管閒事的話還是不說爲妙。

這三個半小時難得讓我感到無聊。或許是因爲即將脫險，才讓我有了些許餘裕。距離天亮還有十三個小時左右，只要再熬過這一夜，就能打電話聯繫接駁船。時間流逝得緩慢，讓人焦躁不安。

然而——一當我開始思考未來，內心的不安又悄然湧上。

現場的證據已經被盡數處理。檢查完錄音檔之後，就我所知，凶手的工作似乎就此告一段落。

這樣的話，凶手是打算等到明天早晨，再與無辜的人一起離開這座島嗎？

凶手的計畫眞的就這麼簡單嗎？現在島上只剩六個人，警方毫無疑問會展開詳細調查。每個人都將受到嚴格的訊問。到時候我該怎麼回答？

凶手到底打算怎麼脫身？是認爲只要銷毀物證就能高枕無憂了嗎？還是——

我不相信凶手的計畫會如此草率。

這樣的話，事件絕不會就此結束。接下來還會再發生什麼事情嗎？到時候我還能平安無事嗎？

現在雖然沒禁止發出聲音，整棟別墅卻悄然無聲。

六

時間來到下午七點十分。

凶手應該已經聽完錄音檔了。從走廊的動靜來看，感覺大家都準備走出房間了。

我打開門，走下樓梯，看見澤村先生正站在那裡，手裡拿抱枕套，等待六個人到齊。

「結束了呢。我們來確認一下，看凶手有沒有問題吧。」

澤村先生提議，再次進行已成慣例的「碟仙」儀式。

我們的問題是：「凶手是否明白我們沒有試圖揭露他？凶手對目前狀況是否滿意？」

答案是「是」，抱枕套裡只有貝殼。

得到了預期的回應，大家都鬆了口氣。

「太好了！雖然過程一波三折，但我們總算完成了一切。只要再等十個小時，我們就可以回家了！」

草下先生雙手一拍自己的大腿，發出清脆聲響。

「我們來準備晚飯吧？大家今天應該都沒怎麼吃吧？」

澤村先生建議。

我最後還是沒吃那些餅乾，其他人應該也沒吃飽。

雖然不確定自己是否眞的有食欲，但既然事情告一段落，就先來開飯吧——不僅是我，恐怕所有人都是同樣的心情。

餐桌上擺放的是比過去幾天稍微高級一點的罐裝即食咖哩，搭配水煮玉米，甜點則是水果罐頭的水果。

先前大家總是捨不得動這些食物，或許是因爲擔心過早享受這些樂趣，反而會削弱理性。現在既然已經看到逃離的希望，這些食物應該可以享用了吧——大家心照不宣地得出了這個結論。

餐桌旁如今只剩下六個人。

那三人的死，讓餐廳的空氣彷彿變得清新了。在內心深處的某個角落，我難以停止這樣的想法。

我的思緒正試圖以他們三人是炸彈犯爲理由，讓這場不明所以的事件，就這樣不明所以地劃上句點。

我觀察起餐廳的每個人。

草下先生和澤村先生甚至流露出一絲樂觀的情緒，彷彿該做的事都已完成，無須再多費心，接下來只等天亮就好。

另一方面，父親顯然很在意餐廳中隨著嫌犯減少，犯人比例上升的問題。儘管他試著不去在意，但仍忍不住不時觀察眾人。這也難怪，畢竟我爲綾川小姐的不在場證明作證後，對父親而言，剩下的嫌犯就剩下三個人了。

最憔悴的還是野村小姐。獨自渡過的三個半小時，顯然讓她情緒更加消沉。其他人似乎無法理解她的感受，我也實在難以想像。

從她在懸崖邊時的狀態來看，她的恐懼說不定已經達到偏執症的程度。

草下先生小心翼翼地向她搭話：

「野村，至少吃點水果吧？咖哩不想吃的話，放著也沒關係。」

「好的，謝謝。」

這是整個用餐過程中，野村小姐唯一開口說的話。

在這場模糊的互相試探中，唯獨綾川小姐和大家拉開距離，始終露出若有所思的神情。

七

晚餐結束後，我和綾川小姐負責收拾。我們將餐具搬進廚房，將剩菜倒入塑膠袋。她用海綿擦洗杯盤，而我負責沖洗，最後用布擦乾。整個過程中，我們都顯得格外謹慎。

綾川小姐顯然有什麼想法，想來自然是如何爲這起事件劃下句點，從島上平安返回本土的辦法。她似乎一直在猶豫是否該告訴我。

察覺到這一點，我靜靜地擦著盤子，等待她開口。

不久，當所有餐具都洗乾淨後，綾川小姐關掉水龍頭，稍微注意了一下外面的動靜，然後湊近我的耳邊，低聲耳語：

「里英，我有重要的事要告訴妳。」

「好的。」

我等待已久的時刻終於到來。

「傷腦筋，這裡可能不太合適。我必須確保沒人聽到——」

正當她這麼說的時候，餐廳內突然傳來一聲響亮的哭聲。

那是野村小姐的聲音。

我們兩人瞬間僵住，屏住呼吸。不久後，傳來草下先生過來安撫野村小姐的對話聲。

綾川小姐無奈地看了看門口，然後轉頭看向我。

「里英，其實我打算現在就把大家集合起來講一件事情。我原本打算先單獨告訴妳，但看來時間有點緊迫了。所以我只想先跟妳說：接下來我要說的話，可能會讓妳大吃一驚，但絕對不會有事的。妳願意陪著我，見證我接下來要做什麼嗎？」

「沒問題，我相信妳。」

我早已決定好要這麼回答。

綾川小姐輕輕點了點頭，然後走向餐廳。

野村小姐趴在桌上啜泣。草下先生站在身旁，雙手撐在兩側，語氣不耐地對她說：

「我說啊！這些事現在不需要去想！回去後再煩惱也不遲！」

「是嗎？但是——就這樣回去的話——接下來該怎麼辦呢——？」

不知不覺間，澤村先生和父親也來到餐廳察看情況。

「——凶手不是就在我們之中嗎？凶手的計畫不就是要讓所有人都永遠無法得知凶手的眞面目嗎？如果計畫順利，一切如凶手所願的話——我們每個人都有六分之一的機率是凶手，今後我們所有人都要被人懷疑，背負著這樣的標籤活下去，不是嗎？這根本是噩夢啊。」

「不是，事情又不見得變成那樣，所以說——」

「不見得會變成那樣」這句話，意味的是凶手身分曝光。意識到這點，草下先生的話語突然中斷，不敢再說。

凶手離開這座島後，到底打算怎麼辦？

不僅是野村小姐，這也是大家心底的疑問。只是大家因爲害怕，噤口不說而已。

思索如何活下去的時候，在精神逐漸崩潰的野村小姐，以及試圖避免違背凶手指示的草下先生之間，我實在難以判斷誰的抉擇才正確。

我將一切都託付給綾川小姐。

餐廳短暫陷入沉默。綾川小姐謹愼地觀察過每個人的表情，然後緩緩開口：

「——野村小姐的擔憂很有道理。關於這點，我有答案，各位不需要煩惱。」

「妳有答案？」

澤村先生睜大雙眼，驚訝反問。

「是的。不過我的擔憂和野村小姐不同。因爲我無法獨自得出結論，需要大家共同討論判斷才行——因此接下來，我要指出這起事件的眞正凶手。」

「咦？什麼？」

澤村先生驚訝得說不出話。

眾人驚慌失色地盯著綾川小姐，有些人甚至像害怕遭到襲擊似地捂住了頭。

綾川小姐說的是絕對不可出口的事。神諭早已明確警告，只要有人試圖找出凶手，這座島就會被引爆。

所有人都懷疑起看似冷靜的綾川小姐的精神狀態。是否該視情況把她綁起來，堵住她的嘴？還是已經來不及了？父親、草下先生和澤村先生的臉上都閃現了這樣的猶豫。

趁大家還沒下定決心，綾川小姐繼續說：

「請放心，我並不是自暴自棄，想帶著大家一起死。我這番話是爲了讓我們能夠安全離開這座島。指出凶手後，需要大家一起想接下來怎麼辦。因爲我也無法斷言什麼才是最佳選擇。我唯一確信，即使我現在當場指出凶手，凶手也絕對不會因此引爆炸彈。等大家聽完我的話後，應該就會明白了。」

即使被指認爲凶手，也絕不會引爆炸彈的人會是誰？不祥的念頭令我顫抖。綾川小姐到底打算指認誰？

「綾川小姐，我們非得現在說這個不可嗎？不能等到天亮，大家都脫離這裡再說嗎？」

「是的，這番話本身並沒有風險，眞正的問題在於後續該怎麼辦。」

「妳這麼有把握嗎？」

「我毫不懷疑，現在正是說出來的時機。」

「我明白了，請說吧。」

這一刻，我理解了爲什麼澤村先生會把重要的視察任務交給實習員工。

其他人默不作聲，靜靜等著綾川小姐說下去。

在這座如同反烏托邦的孤島上，革命的時刻比預料中來得更早。大家雖然迷惘，卻沒有人出面阻止她。儘管大家都遵守「十誡」，嘴巴上閉口不提，但內心顯然都迫切想知道眞凶到底是誰。

第五章　選擇

一

「我會盡量簡短說。如果大家認同我的推理，我們最好盡快採取行動。

「這起事件充滿謎團，首先，凶手究竟是誰？為什麼選在大家齊聚島上的時機犯案？為什麼要用炸彈把我們困在島上？另外，儲藏在島上的炸彈，和事件有什麼關係？

「雖然我們可以從許多角度來思考，不過最重要的，果然還是凶手的身分。只要能透過邏輯推理鎖定凶手，其他謎團的答案也會隨之明朗。」

綾川小姐以流暢到不像是即興發揮的口吻，向大家進行說明。

原本對她的話有所懷疑的人，聽著她清楚且有理有據的論述，似乎也逐漸信服。

「那麼，凶手究竟是誰呢？首先，這起事件有一個前提，那就是這次島上的事件都是同一人所為。不同人基於不同動機，同時在這座島上行凶的可能性非常低。最重要的是，凶手留下的那三張指示就是決定性的證據。

「三張指示都是寫在月曆紙的背面，上面的山岳風景照片是連貫的。這說明凶手是從大室先生兄長的房間拿走月曆，每次裁下一小部分來用。這項事實足以讓我們認定，三起事件都是同一人所為。

「當然，如果要討論起共犯存在的可能性，可能就會沒完沒了。但即便有共犯，這三起事件的動機仍然是相同的，因此不影響我們推理凶手的身分。」

「嗯，這點大家應該都認同。沒問題。」

澤村先生出聲應和。

「那麼，這三起事件是誰做的呢？我們手上的線索不多，因爲凶手限制了大家的行動，讓大家無法詳細檢查犯罪現場，或確認所有人的不在場證明。小山內先生的案件發生在夜晚，凶手使用十字弓行凶。任何人都有可能做到，現場也沒有留下能鎖定犯人的線索。

「至於藤原先生的事件，我們也被禁止靠近地下室，完全無法檢查現場。

「凶手本身當然也非常謹慎，避免留下任何證據。畢竟凶手一旦被識破，大家都將同歸於盡。指示用的紙是別墅內任何人都能拿到的東西，筆跡也被刻意改變。無論對凶手還是我們而言，値得慶幸的是，凶手在犯案過程中似乎都沒出現明顯失誤。

「那麼我們要根據什麼來鎖定凶手呢？第一起和第三起事件，應該都沒有太多推理的空間。唯一値得深思的是關於矢野口先生的謀殺，大家是否還記得其中的違和感？」

違和感？我想了想。確實，矢野口先生的命案與其他事件不同，有明顯的不自然之處。

「是腳印的問題嗎？」

草下先生問道。綾川小姐點了點頭。

「是的。問題就在於發現矢野口先生屍體時，工具小屋與別墅之間的腳印。兩天前的案發夜晚，下了一場驟雨，地面變得泥濘，容易留下腳印。

「在發現屍體時，我們發現受害者是從南側路線走向工具小屋，兇手則是繞過別墅，從西側繞道而行。犯案後，兇手將屍體放置在石板地面上，再沿著矢野口先生來時的路線返回別墅，途中還用木板抹去矢野口先生的腳印。之後兇手留下指示，要我們用藍色防水布包裹矢野口先生的屍體，並把兇手留下的長靴腳印抹平。第二天早上，草下先生發現了兇手留下的指示——案發經過大致如此，但其中有些部分仍需推測補足。

「例如，兇手和受害者到底是在工具小屋前做什麼？雖然無法確定，但是最自然的答案應該是他們約好要在工具小屋前碰面。不論是矢野口先生的腳印，還是兇手的腳印，兩人走的路線雖然不同，但是中途並無繞路的跡象，顯然目的地都是工具小屋。既然兩人直奔同一個目的地，表示兇手和受害者之間，可能是約好了晚上要在工具小屋前碰面。」

只聽大家發出「哦」「嗯」之類的感嘆聲。大家都在仔細思考綾川小姐的假設。

隨後澤村先生開口提出疑問：

「這麼想是很合理。不過這麼一來，矢野口先生和兇手在工具小屋前，到底是打算做什麼呢？矢野口先生一下子就遭到殺害，似乎對兇手毫無防備。這種情況眞的可能發生嗎？指示上還寫著他是因爲試圖查出兇手的身分才遇害。」

「矢野口先生為何毫無戒心，確實令人疑惑。但是只要我們知道凶手是誰，就能反推出答案。」

這次換草下先生出聲反駁。

「兩人未必是約好見面吧？說不定是矢野口打算半夜偷偷撬開工具小屋的門，結果被凶手發現，從背後襲擊殺害。」

「如果真是那樣，凶手應該不會選擇繞路，而是直接沿著矢野口先生的路徑追上去。而且凶手故意加大步伐，讓人難以辨認身分。如果凶手是無意間發現矢野口先生想撬開工具小屋，恐怕不會有餘裕調整步伐，而是第一時間衝向矢野口先生，迅速將他殺害。」

「嗯，也許吧——」

草下先生含糊地回應，陷入沉思。

綾川小姐見狀，立刻補充：

「當然，目前並不需要將『凶手與被害者曾祕密約定見面』這件事視為確定的事實。只要大家願意接受這種可能性，我的推理就能繼續推進。」

「喔，這樣啊。嗯，我是懂啦，那些腳印看起來確實像是為了密談而留下的。」

草下先生說著，抱起雙臂。

綾川小姐環視眾人，確保沒人有異議後，繼續說道：

「謝謝大家。那麼這部分告一段落，接下來討論下一個問題。在矢野口先生的命案中，最大的謎團莫過於凶手為什麼要抹去受害者的腳印，卻要求無辜的大家消去自己的腳印。」

這個問題確實讓我百思不得其解。

「——我們先來梳理凶手當時的行動。凶手應該是按照約定的時間前往工作小屋。確切的時間雖然不清楚，但肯定是在雨停之後。凶手和受害者誰先到場，目前也無法確定。不過從凶手穿了長靴，刻意偽裝步伐，並預先帶著凶器的行為來看，凶手顯然抱有明確的殺意。

「凶手在殺害矢野口先生後，使用工作小屋附近的木板抹去受害者的腳印，然後返回別墅。接著凶手留下指示，將長靴丟在玄關，回到自己的房間，等早上有人發現指示。

「凶手要求我們消去自己腳印，想來也是可以理解。即便凶手已經特意偽裝過步伐，凶手仍然可能擔心自己的腳印存在某些特徵，或者警方能夠根據腳印深度推算自己的體重。

「不過要消去自己腳印，對凶手來說非常吃力。不但得沿著腳印，拿著木板往返於別墅和工具小屋，來回走下來也頗有距離，還必須抹除自己在消除腳印期間新留下的足跡。更不用說，凶手在消去腳印時，隨時冒著被人發現的危險。又或者是天色即將破曉，凶手來不及消除腳印。

「因此凶手才會認為，最好的方法是讓我們來消除這些腳印。凶手眞正擔心的是日後警方的調查。被我們這些人看見腳印，對凶手而言根本無關緊要——既然如此，凶手為什麼要抹去受害者的腳印呢？照理來說，矢野口先生獨自走到工具小屋的腳印，算不上什麼犯罪證據。然而凶手卻優先消去矢野口先生的腳印，而非自己的腳印。」

「也就是說，凶手基於某種理由，不能讓我們看到那些腳印？」

草下先生發問。

「沒錯。」

「只要弄清楚凶手這麼做的理由，就能知道凶手是誰？」

「正是如此。」

草下先生一邊詢問，一邊不安地環顧餐廳內的眾人。

即使綾川小姐早已保證，就算在此揭露犯人的身分，引爆裝置也不會因此啓動，大家的不安仍然難以完全消除。

然而，推理已經進行到這個階段，自然不可能半途而廢。

綾川小姐深吸一口氣，繼續說了下去。

「那麼，我在此揭曉答案：凶手不得不抹去受害者腳印的情況是什麼？那就是——受害者誤穿了凶手鞋子的時候。」

我忍不住發出一聲輕叫。

所有人都屏住了呼吸。綾川小姐將要揭示的推理框架，頓時清晰了起來。

「我認爲除了這個解釋，沒有其他合理的理由，能夠解釋凶手爲何必須抹去受害者的腳印。畢竟假使矢野口先生穿的是自己的鞋，這件事對凶手根本無法構成威脅。但是如果他穿錯鞋，情況就不同了。當被害者穿上不該穿的鞋子時，凶手就不得不消除那些腳印。」

「穿上不該穿的鞋子？」

隨著推理愈發具體，野村小姐似乎恢復了冷靜，久違地開口。

大家侷促地朝彼此的腳下投以探尋的目光。

綾川小姐不爲所動，繼續解釋：

「沒錯。在這棟別墅裡，有人穿的是外出鞋，有人穿的是拖鞋。當初抵達時，大室先生說過可以直接穿鞋子進屋，想穿拖鞋的人也可以穿拖鞋。直接穿鞋進屋的人，會直接把鞋子穿進房間；而穿拖鞋的人則會把外出鞋留在玄關。」

「問題就在於，矢野口先生穿上了一雙不屬於拖鞋組的人的鞋子。」

「妳的意思是說，矢野口先生穿到了本不該放在玄關的鞋子？」

澤村先生詢問。

「是的，如果要設想的話，應該是這種情況──

「凶手與受害者事先約定在深夜於工具小屋前見面。凶手配合時間，準備從玄關出發前往會面地點時，忘了先前下過雨，直接穿著自己的鞋子離開別墅。但是凶手發現地面泥濘，便立刻折返。畢竟接下來要去殺人，總不能留下自己的鞋印。

「因爲沾了泥的鞋子會把室內弄髒，所以凶手就把鞋子留在玄關，到別墅裡面的儲物間去拿長靴。凶手的鞋子一度處於任何人都能穿上的狀態。

「如果矢野口先生在這段時間，穿上凶手的鞋子去工具小屋，又會怎麼樣呢？既然兩人約好時間見面，矢野口先生在同一個時段來到玄關，也是非常有可能的。

「凶手的鞋子理應在房間內，矢野口先生不可能穿錯鞋子。要是鞋子被穿在屍體的腳上，最可疑的人自然是鞋子的主人。畢竟除了我剛才的講法以外，沒有其他解釋。

「拿著長靴回到玄關的凶手注意到問題，自然大傷腦筋。於是凶手穿上長靴，並帶著矢野口先生的鞋子，前往工具小屋。凶手殺人後，換下屍體腳上的鞋子，消去受害者的腳印後，才回到別墅。

「大家覺得呢？我認爲這就是受害者的腳印被抹去的唯一解釋。」

短促的感嘆聲此起彼落地響起。

大家雖然認同綾川小姐的解釋，但在結論尚未明朗之前，似乎都刻意避免發表意見。

「——剛才說的事情，聽起來可能有不少都是推測，但是有一個事實可以作爲佐證。昨天早上，我們發現矢野口先生的屍體時，玄關門廊的石階邊緣上，有類似鞋底蹭泥的痕跡。還有人記得嗎？」

一時之間，沒人出聲回答。

不過我的確記得，在大家完成消去腳印的工作，回到玄關門廊時，石階邊緣確實有蹭泥巴的痕跡。自己當時還覺得有點奇怪。

我略微遲疑，但又不可能不對綾川小姐施以援手，於是開口答道：

「是的，我記得有泥巴痕跡，看起來像是有人用鞋底蹭過的樣子。」

綾川小姐揚起微笑，接著澤村先生也想起了當時的情景。

「——確實有這回事。對啊，現在回想起來，確實很奇怪。我當時完全沒注意到。」

「沒錯，我們早上在玄關找到的那雙長靴上滿是泥土，完全沒有清理的痕跡。然而玄關石階上卻出現了泥巴。這是因爲凶手必須清理自己被矢野口先生穿走的鞋子，蹭掉上面的泥巴，畢竟凶手還必須把鞋子穿回房間。

「最後有一個需要注意的前提：矢野口先生並非故意穿上別人的鞋，而是一時不察。我認爲矢野口先生不太可能是因爲不想弄髒自己的鞋，才去穿別人的鞋。如果他眞有這種想法，大可選擇穿長靴。而且說起來，矢野口先生根本不會在乎弄髒鞋子。」

來到這座島的第一天，矢野口先生就在碼頭附近一腳踩進泥地，卻絲毫不在意。

「此外，考慮到凶手與受害者約好相見，矢野口先生不可能隨便穿走見面對象的鞋子，畢竟對方也需要穿。如果矢野口先生穿的是無關第三者的鞋，凶手也不需要特意消除足跡。

由此來看，可以推論出矢野口先生是無意間穿上了凶手的鞋子。在這種異常的狀況下，注意力下降也不奇怪。」

考慮到這座島上的人特殊的精神狀態，在溫泉或醫院等常見的穿錯鞋子的情形，也發生在矢野口先生身上，似乎並不是什麼奇怪的事。這點確實難以否定。

「以受害者不小心穿上凶手鞋子為前提，我們可以就此縮小嫌犯範圍。大家沒問題嗎？」

她看向大家，敦促眾人做好覺悟。

沉默的眾人只以微微的動作表示同意。

「我們先來排除鞋子不太可能被矢野口先生穿錯的人吧。剩下的人就是一連串事件的犯人。首先，請容我先排除野村小姐、里英，以及我自己的嫌疑。就算矢野口先生滿腦子都在想事件，也不太可能連自己穿到女鞋都毫無察覺。」

這一點，大家都理所當然地沒有異議。

「再來是草下先生。草下先生穿的是地下足袋。矢野口先生穿的是運動鞋，兩者差異太大，矢野口先生不可能會搞混。」

「哦？嗯，那是當然了。」

穿著地下足袋的草下先生，讓橡膠鞋底啪噠啪噠地拍打著地板。

「澤村先生的話，如大家所見，他身材高大，鞋子尺寸想必和矢野口先生差很多，矢野口先生要是穿錯鞋子，肯定會馬上察覺。因此澤村先生也可以排除嫌疑。」

「——嗯，是啊。」

澤村先生用低沉沙啞的聲音回應。

眾人的視線自然而然落到最後一位嫌疑人身上。

「最後是大室先生。大室先生是穿拖鞋，鞋子一直放在玄關。因此即使被矢野口先生穿錯鞋子，他也不需要特地去消除腳印。受害者即使穿走大室先生的鞋子，大室先生也不會因此遭到懷疑。如果僅僅是這樣，也可以反駁是爲了拿回自己的鞋子，所以才將鞋子交換回來。不過大室先生的運動鞋是白色的，就算夜燈再怎麼昏暗，要把大室先生的白色運動鞋，看成矢野口先生的黑色運動鞋，也實在太不符合常理。因此大室先生也不是犯人。」

「咦——」

草下先生發出了一聲呆愣的驚呼。

綾川小姐不予理會，繼續說了下去。

「這樣一來，就只剩下一個可能的人選了——在這座島上引發如此異常事件的凶手，就是藤原先生。」

二

震驚的沉默充滿了餐廳。

我原本以為綾川小姐會說在場的某個人是凶手，其他人恐怕也抱持同樣的想法。當她宣稱「即使揭露凶手，炸彈也不會被引爆」時，我甚至擔心她會說出父親的名字。

仔細回想，當她開始推理腳印時，我就應該要猜到凶手是誰了。根據她的推論，唯一符合條件的確實只有藤原先生。

當綾川小姐說出凶手名字的瞬間，整起事件的朦朧全貌頓時浮現眼前，令我驚嘆不已。沒想到她僅憑腳印，就能構築出如此完整的邏輯推理。

不過還有一些疑點尚未釐清，仍然需要綾川小姐進一步說明。

「那個，感覺有很多東西需要解釋，例如，藤原先生是凶手這一點——」

父親怯生生地發問。

「是的，但是在此之前，請容我先確認這個結論是否成立。藤原先生在別墅裡一直穿著外出鞋。也就是說，鞋子被穿錯的話，懷疑勢必會落到他頭上。此外，藤原先生的鞋子和矢野口先生的也十分相似。」

確實如此，他們都穿黑色運動鞋，唯一的不同點是，矢野口先生的鞋款似乎更為高級。

「那麼，接下來，我會說明事件的整體經過。不過由於凶手本人不在現場，其中許多部分都需要透過想像補足。

「首先，我有一件事需要與大家分享：小山內先生、矢野口先生和藤原先生，似乎都與炸彈的製造有所關聯。其實我曾在矢野口先生的手機裡，發現了一些可能作為證據的訊息。只是手機後來被凶手拿走，所以現在已無法確認。

「不過我和大室先生，還有里英，能夠為其中的內容提供證詞。」

綾川小姐用眼神向我和父親示意。

其他三人則一臉疑惑，不知道我們在說什麼。

父親向眾人說明事情經過。當大家聽到綾川小姐決定相信我們，並為了調查受害者的資訊，偷偷從束口袋中取走手機的事後，無不露出震驚的神色。

「妳居然做了這麼危險的事？要是被凶手發現，不就完了嗎！」

面對澤村先生的指責，綾川小姐只是露出有些不好意思的笑容。

「抱歉。不過也正因為看過手機，我才得以知道，矢野口先生與小山內先生從抵達這座島的幾天前就有所聯繫。」

綾川小姐將當時看到的對話抄寫在月曆紙的背面，並讓我和父親確認內容無誤。

他們兩人的交流內容如下：

——從數量上來看，事前行動恐怕不太可能。天氣也很惡劣。只要能撐過當天，應該就有辦法。就算最糟糕的情況發生，只要逃得掉，剩下的交給這邊處理就好。請放心吧。

——你所說的「有辦法」是什麼？怎麼做？

——已找到地方，到時可帶路。

「各位覺得呢？這段對話看起來，難道不是在談論炸彈嗎？其中『從數量上來看，事前行動恐怕不太可能』所說的『數量』，應該就是炸彈吧？」

澤村先生接過紙條，仔細閱讀。

「所以他們是因爲無法事先回收存在島上的炸彈，才商量該如何應對嗎？」

「我想應該是這樣。」

一同來到島上的三個男人其實涉嫌製造炸彈。

澤村先生等人毫無異議地接受了這個說法。眾人早已親身經歷過更爲異常的事態，因此此刻都直覺意識到，這項事實正是理解整起事件的必要拼圖。

「首先，我們必須思考，爲什麼這個島會被用來存放炸彈？這個問題，或許在場的各位能給一點線索。

「這些炸彈是出於何種目的被製造出來，又爲何存放於此，我們不得而知。最簡單的假設是，藤原先生等人其實是恐怖分子。不過我們無從得知這個推測是否正確。不過我們現在也不需要知道答案。等警方之後調查他們三人的住處，我們就能知道答案了。

「這座島屬於大室先生的兄長，據說從五年前就沒人來了。作爲製造與儲存炸彈的場所，想必再合適也不過。畢竟這裡是個人持有的無人島，不用擔心被鄰居檢舉。大室先生的兄長對炸彈是否知情，在場有人知道嗎？」

澤村先生和草下先生據說與伯父生前有所往來。

「沒什麼頭緒——你呢？」

「我也不知道。我根本連想都沒想過。」

他們也和父親一樣，無人確切知道伯父是否知情整座小島變成炸彈庫。

「是嗎。或許警方也能透過調查脩造先生的遺物，查明這一點。總而言之，小山內先生、矢野口先生，以及藤原先生，三人似乎都與大室先生的兄長相熟。說不定他們就是爲了尋找適合製造儲存炸彈的地方，才接近脩造先生。」

也許小山內先生和藤原先生經營不動產公司，部分原因也是想尋找適合製造炸彈的地點。

「在脩造先生生前，炸彈犯們想必一直放心地認爲這座島不會有外人踏足。

「然而，大約三週前，意想不到的事情發生了。前往北海道的脩造先生遭遇交通事故，不幸身亡。接著，事故發生後沒多久，作夢也沒想到島上竟存放著炸彈的開發公司負責人，便提出了島嶼度假村的開發計畫。洽談過程異常順利，沒過多久，就決定在遺族大室先生等人陪同下，展開島上勘查。」

「嗯——沒錯。」

澤村先生露出有些尷尬的表情。

「這三名炸彈犯應該是疏忽大意了吧。或者是他們太晚得知脩造先生過世的消息。畢竟大室先生當時並未舉辦喪禮，對吧？」

「啊，是的。我大哥是那種不喜歡特意舉辦葬禮的人。」

「因此藤原先生等人直到最後一刻，才得知小島視察計畫的消息。藤原先生等人發現開發公司打算到島上勘查的時候，應該相當驚慌。畢竟一旦有人踏上這座島，炸彈可能就會遭人發現。到時警方就會登島搜查，要是找到犯人的相關證據，他們就會遭到逮捕。

「其實他們本來應該是想在視察旅行之前，回收所有炸彈及相關證據。然而炸彈數量實在太多，就算準備好船隻，也無法一口氣運走。此外，天氣因素更讓他們雪上加霜。由於低氣壓的影響，島上遭遇了暴風雨，使他們想趕在視察旅行前登島變得更加困難。」

「矢野口先生和小山內先生之間的對話，原來就是在討論這件事嗎？原來如此。」

那段對話果然是在討論如何銷毀證據。

綾川小姐繼續解釋：

「那麼，當他們發現無法帶走炸彈時，這些炸彈犯會怎麼做呢？答案是他們決定與視察團同行。藤原先生和矢野口先生是在來島的幾天前，才臨時提出同行的要求，對吧？」

「呃，沒錯，大概是三天前吧？」

父親望向澤村先生，得到了他的確認。

「三人採取的第二種應對策略，就是跟隨視察團登島，試圖阻止炸彈被發現。這個計畫中，關鍵點在於鑰匙，也就是工具小屋和小木屋的鑰匙所在之處。大室先生，令兄在來島上的時候，習慣只帶別墅的鑰匙，其他鑰匙則留在別墅內，是嗎？」

「是的，至少五年前是這樣的。」

我們昨天在父親的房間裡曾討論過這件事，如今綾川小姐再次當眾確認。

「即便在脩造先生不再來島上之後，他的鑰匙存放方式應該也沒有改變。因此炸彈犯們擬定了一個計畫——隨視察團登島，進別墅之後，搶先拿走工具小屋和小木屋的鑰匙。

「只要門無法打開，存放在裡面的炸彈就不會被發現。對視察團來說，他們目標是確認小島現況和主要建築的別墅狀況。如果門鎖住了，他們或許會只檢查外觀，並決定下次再進行詳細調查。即使別墅內仍有食物、近期添購的汽油，甚至臥室凌亂等可疑的跡象，只要炸彈沒被發現，視察團應該不至於報警，只會以爲脩造先生曾將別墅借給他人使用。」

「原來如此。現在回想起來，小山內先生當時打電話給我時，極力要求同行，態度異常熱切，想來是拚著非拿到鑰匙不可。」

身爲視察團幹事的澤村先生是在一週前左右，接到炸彈犯們的聯絡。對炸彈犯們而言，這趟旅行攸關未來，是他們孤注一擲的賭注。

「是的。另一名炸彈犯，也就是矢野口先生，也以脩造先生的舊識身分參加視察團。他甚至還刻意裝出不太認識小山內先生的樣子。不過也是，如果看到素不相識的人關係過於親密，反而可能引起我們的警覺。總之，三人就以認識脩造先生爲由，成功加入了視察團。

「接著，請回想一下我們抵達島上，打開別墅大門後的情景。當時大室先生帶領我們進入會客室，隨後與里英前往洗衣間，爲發電機加油。各位還記得嗎？藤原先生等人當時主動提出要幫忙拆除遮雨板。

「當時我就覺得奇怪，覺得兩人太過雞婆，有必要做到這個地步嗎？不過我以爲兩人是出於不動產業者的習慣，才以對待客人的態度，表現得這麼熱忱，於是當下沒有多想——」

「他們是藉口開窗，趁機從我大哥房間，偷偷摸走工具小屋和小木屋的鑰匙吧？」

「沒錯。雖然鑰匙放在脩造先生房裡是五年前的事，我們無法確定三天前鑰匙究竟存放在哪裡。總之，他們成功取回了放在別墅內的鑰匙。炸彈犯們希望找不到鑰匙的視察團能夠就此放棄，決定等下次再來確認工具小屋和小木屋，然而事情並未如他們所願。」

「因爲我從大哥的保險箱裡找到了備用鑰匙。」

「沒錯。」

父親當時並不確定鑰匙是否是島上建築物的鑰匙，只是抱著保險起見的心情帶來。對炸彈犯和其他人來說，簡直就是多此一舉。

「炸彈犯們看到大室先生從包包拿出鑰匙時，心裡恐怕都在咒罵吧。但他們無法阻止，只能眼睜睜看著工具小屋的門被打開。炸彈的存在就此曝光，一旦警方開始調查工具小屋和小木屋，他們的相關證據將無所遁形。然而對他們來說，幸運的是我們並沒有立刻報警。」

「嗯——沒錯。」

父親露出羞愧的表情。當時他擔心伯父與炸彈有關，才遲遲沒有報警。

「現在回想起來，當我們猶豫是否要報警時，那三個人態度明顯消極。好像還說過：

『反正明天再報警也可以吧？』」

正如草下先生所說，他們努力誘導父親，試圖拖延報警的時間。

「結果三人成功爭取到一晚的喘息時間，這也成爲了引發事件的契機。」

三

綾川小姐所描述的炸彈犯的動機與行動，雖然包含許多推測，卻讓我深信不疑。畢竟，除此之外再無更合理的解釋。

然而，接下來的部分才是問題所在。

綾川小姐輕撫喉嚨，清了清喉嚨。

「我們在這座充滿炸彈的島上渡過了一夜。我們沒有確切的證據，能讓我們知道炸彈犯當晚的計畫究竟是什麼。不過答案其實並不難猜。炸彈犯們肯定是試圖逃走，因爲警方登上這座小島，只是時間早晚的問題。矢野口先生手機上的對話紀錄，也提到類似的內容：『只要逃得掉，剩下的交給這邊處理就好。』」

「這麼說來，他們是在討論被通緝後的藏身地點嗎？」

「應該是吧。小山內先生曾說過『已找到地方』。他們原本的計畫大概是若無法阻止炸彈被發現，就立刻逃亡並隱匿起來。然而，隔天早上，我們卻發現中箭的小山內先生倒在懸崖底下，而矢野口先生和藤原先生不僅沒有逃走，反而依舊留在島上。我們則被迫遵從所謂的『十誡』行動。這在兩天前的當時看來毫無意義，然而經歷了之後的一連串事件，再加上確定藤原先生是炸彈犯與殺人犯後，我得出了一個合理的結論——小山內先生的死，很可能只是場意外。」

「什麼？」

我忍不住驚呼出聲，難以置信地望向她。

綾川小姐確認我啞口無語之後，才繼續解釋。

「這座島周圍都是危險的懸崖。我們之前討論過，如果要將這裡改建成出租別墅，不裝欄杆可能會過於危險。其實就在前一天，我自己也差點不小心摔落懸崖，多虧里英救了我。「三天前的夜晚，等大家熟睡後，三人計畫逃離小島。他們從工具小屋取出橡皮艇，準備前往碼頭。由於北邊被茂密的雜草覆蓋，無法通行，他們只能沿著島上的環島步道前進。在這樣的環境下，周圍只有微弱的月光，而為了避免引起注意，他們很可能連手機的手電筒也沒有開啓。如此一來，小山內先生一時不慎失足跌落懸崖，也並非不可能。」

「——原來如此。」

澤村先生喃喃低語。

其他人也靜靜思索綾川小姐所說的可能性。

「這樣一來，就可以解釋藤原先生等人的後續行動了。他們可能認爲三人勢必遭到通緝，於是決定在被發現前先找地方藏匿起來。從矢野口先生手機上的對話來看，他們的藏身處應該是由小山內先生安排。

「當小山內先生意外身亡後，藤原先生和矢野口先生便陷入困境。就算要逃走，也不知道該逃去哪裡躲藏。在這種情況下，藤原先生就想出了一個逃離困境的方法——犧牲矢野口先生，讓自己獨自脫身。」

隨著綾川小姐的解釋，我逐漸看清了綾川小姐的推理方向。

「——藤原先生向矢野口先生提議，利用指示來威脅我們，把我們困在島上。

「當時的情況混亂，因此他們決定先拖延時間。矢野口先生可能也同意了這個計畫，甚至這個主意有可能並非出自藤原先生，而是他們倆共同商討出來的辦法。隨後他們決定從懸崖上，用十字弓射擊小山內先生的屍體。

「為了讓我們不敢輕舉妄動，兩人需要製造出一起命案。只要讓我們害怕身分曝光的殺人犯不知道會做出什麼事情，威脅能更有效。因此他們才特地把屍體布置成他殺的模樣。

「順帶一提，雖然我剛才將小山內先生的死視為意外，但這僅僅是基於合理推測，並沒有確切證據。不過也不排除另一種可能性，也就是他們之間發生爭執，導致小山內先生遭到藤原先生或矢野口先生之中的其中一人殺害。只是我覺得在那種緊要關頭，他們應該不太可能起內鬨。總而言之，他們就是想讓現場看起來像一起明顯的他殺案。

「兩人從脩造先生的房間裡偷出十字弓，射擊屍體，並在玄關門廊留下了『十誡』，等待早上有人發現指示。矢野口先生此舉是爲了限制我們的行動，好趁機思考逃亡計畫。然而，藤原先生的想法卻截然不同。他計畫殺害矢野口先生，並僞裝成自己也遭到殺害的樣子。」

四

隨著綾川小姐的說明，我的腦海中逐漸勾勒出整起案件的全貌。

接著，她開始解釋矢野口先生的命案。

「我們被困在島上的第二天早上，矢野口先生被發現橫屍在工具小屋前。以藤原先生是凶手作爲前提，讓我們重新思考這起事件——我之前提到，藤原先生和矢野口先生很可能相約深夜在工具小屋見面密談。如果凶手是藤原先生，這麼做再自然也不過。他可能表示想商討逃亡計畫，向矢野口先生提議去不會被人聽到的地方，藉此將矢野口先生約出來。

「然而，他卻背叛了矢野口先生，並將他殺害。至於地上留下的腳印之謎，我先前已經解釋過了。在這起謀殺案中，還有一個和腳印相比起來，較爲微不足道的謎團。

事情發生在我們被迫包裹矢野口先生屍體的時候。如果凶手要求我們處理屍體，是爲了減少日後在大海棄屍的麻煩，倒也還算合理。然而，在草下先生和澤村先生包裹屍體時，各位是否還記得當時發生了一件奇怪的事？」

「啊，妳該不會指——當我想著不能讓繩子鬆開，把屍體綁得嚴嚴實實的時候，卻被凶手說不行的事情，對吧？」

「沒錯，正是這件事。」

確實有這麼一回事。當我們用防水布包住屍體後，草下先生以建築工法特有的綑綁方式固定屍體，卻被犯人透過「碟仙」指正。

「如果要在大海棄屍，那屍體應該綁得愈緊愈好才對，但犯人卻不希望如此。要探討背後的理由，我們就必須接著討論今早發生的第三起事件。

「我們在工具小屋的地下室，發現了藤原先生似乎也死於非命。根據指示所說，他在半夜溜進地下室，試圖解除引爆裝置，所以遭到凶手殺害。屍體似乎還在分屍過程中。若要從地下室搬出屍體，就必須肢解屍體。不過因爲屍體周圍留有指向凶手的證據，我們被命令不得接近。不過很顯然，我們不能對這份指示的內容照單全收。」

「妳的意思是說，這位藤原老兄其實根本沒死？」

「正是如此。當我們往地下室裡面看的時候，首先映入眼簾的是一隻斷腳。藤原先生倒在地下室深處，但被東西擋住，我們只能看到他上半身。這樣的位置安排，顯然是藤原先生精心計算過的，爲的就是讓大家誤以爲他已經遇害，甚至還正在被分屍。」

「那麼當時放在梯子旁的那隻腳是不是——」

「沒錯，那是矢野口先生的腳。藤原先生利用前一天的屍體，製造自己死亡的假象。

「這也解開了之前的謎團。凶手命令我們用防水布包裹矢野口先生的屍體，擱置在工具小屋旁，是爲了加深印象，讓我們確定矢野口先生已死。同時好讓我們在隔天早上，不會注意到防水布的內容物已經被掉包。因此他才不希望防水布綁得太複雜，以免凶手照樣打結時過於麻煩。」

「原來是這樣啊。」

草下先生發出深感認同的嘆息。

「這個計畫之所以能夠成功，是因爲我們一直受制於誡律。不然當時只要我們去檢查藤原先生是否眞的死亡，或是確認防水布內的遺體，計畫就會立刻破功。

「此外，這個計畫還會讓我們做出結論，以爲是我們六人之中的某個人處理了屍體。藤原先生把炸彈營造出來的異常狀況，利用得淋漓盡致。他透過指示操控我們的行動，要求我們把自己關在別墅內，開關房門，去浴室淋浴，讓我們誤以爲這些指示是凶手想隱藏身分，避免讓大家知道處理屍體的人是誰。

「我們除了遵從以外別無選擇，於是我們就乖乖地在指定的時間，把自己關在別墅內，採取了指示所說的行動。一到指定時間的上午九點半，藤原先生就結束裝死，從地下室出來，進入別墅。接著他在所有人的房門前堆貝殼，戲弄似地敲敲門，可能還是有用手機設定了一下錄音程式。接下來就是處理屍體。有鑑於他本人還活蹦亂跳，要處理的只有矢野口先生的屍體而已。

「另一個值得注意的是，矢野口先生身上不是穿戴著手錶之類的高級品嗎？我想這也是藤原先生決定殺人的一大動機。藤原先生需要躲起來裝死，所以他需要資金，而矢野口先生的奢侈喜好，剛好能成爲藤原先生當下的逃亡資金。

「藤原先生搜刮完財物之後，把屍體從地下室搬出來，搭上橡皮艇，把屍體連同證據一起扔入海中。接下來，他還得拿汽油焚燒小山內先生的屍體。在時間安排上，比較好的處理順序應該是先焚屍，再去海上棄屍，搭橡皮艇返回島上之後，再確認屍體是否燒得夠徹底。

「之所以需要燒毀屍體，是爲了讓警方日後查案，也無法明確辨認死因。即使小山內先生實際上是意外身亡，他也需要讓人以爲小山內先生是被十字弓射死。當所有工作都完成之後，藤原先生就連按門鈴，讓我們六人依指示去洗澡。

「如此一來，他就成功營造出三起命案的凶手就在我們六人中的假象。接下來，他只要坐上橡皮艇，偷偷離開這座小島就好。我記得工具小屋內，本來就擱著好幾艘橡皮艇吧？」

「啊、嗯，沒錯。」

父親回答。

「五年都無人使用的橡皮艇，相信也沒人知道確切的數量有多少。即使少了一艘，也不會有人懷疑什麼。畢竟因爲炸彈的關係，我們當時也無暇清點工具小屋的物品。」

我記得伯父當年在工具小屋內存放了三艘摺疊橡皮艇，不過也是以前的事情。橡皮艇實際上的數量可能是兩艘，也可能是四艘。

「只要藤原先生被當成事件受害者，他就不會被當成炸彈犯追捕，大家還會以爲殺害三人的凶手是在我們之中。整個犯罪計畫至此完美收尾。各位覺得呢？如果大家能接受這個推論，我想和大家談談接下來我們該怎麼做——」

綾川小姐已經向大家說出了所有該說的事情。

犯罪的意圖至此幾乎已經完全揭曉。雖然仍有部分細節只能向凶手求證——

無論是我還是其他人，都無法對綾川小姐的推論提出異議。即使這麼做也沒有意義。畢竟此刻我們還沒獲救。

「接下來該怎麼做，是指我們要不要求救嗎？」

所有人都明白澤村先生這句話的含義。

「是的。假如事情眞如我剛才所述，引爆裝置的手機現在應該還在藤原先生手上。

「這個計畫的目標是讓我們以爲藤原先生已經死亡，從而讓我們互相猜忌，懷疑犯人就在我們之中，因此爆破小島並不在他的計畫內。然而，也不能排除他忽然改變主意，決定引爆整座島的可能性。他可能會擔心留下證據，進而產生不安，覺得摧毀整座島才是最安全的選擇。實際上，我就確實注意到了事件的眞相。

「若是如此，我們或許應該盡快求救，搭船離開這座小島。不過有個問題在於，我們不知道藤原先生現在身在何處。我們無法確定他是在何時離開這座島。或許是在下午一點，門鈴響起後，我們依次淋浴的時候，藤原先生便悄悄離開了。他可以用雙手划船，等到離島夠遠，我們聽不見引擎聲時，再啓動引擎駛向陸地。

「然而，從藤原先生的立場來看，他也可能會抱著盡可能等天黑後再離開小島的想法。這樣的話，他可能會等我們全部入睡，半夜才偷偷離開這座島。」

「如果是這樣，就代表藤原先生還在島上嗎？躲在工具小屋或其他哪個地方——」

野村小姐轉頭，悚然看向工具小屋的方向。

「是的，也有這種可能性。」

「等一下，如果是那樣，他應該會留下指示，要求大家晚上也關上遮雨板，不准外出吧？畢竟我們可能會意外目擊他搭船離開。既然他沒留下這樣的指示，那麼他已經不在島上的可能性應該比較高吧？」

對於草下先生提出的疑問，綾川小姐點頭表示同意。

「我也是這麼想，但也只是推測。他也有可能原本打算趁我們淋浴時離開小島，但後來改變了主意。我無法獨自決定該怎麼辦。由於事關全員性命，自然要由全員共同做出決定。我們可以認爲他已經離開，立即叫船過來接我們，或是考慮到他可能還在島上，等到天亮再行動——」

「不論是選哪個，我們都有喪命的可能性嗎。」

草下先生將雙手插進工作服的口袋，像是在工地開始作業前給自己打氣般，用地下足袋的腳跟輕輕踏著地板。

我們互相對望，臉上帶著沉重的悲傷之情。

隨著綾川小姐的推理讓事件的脈絡逐漸清晰，如今每個人都變得異常冷靜。

時間已經到了晚上九點半，距離天亮還有八個多小時。

×××

面對綾川小姐擺在眾人眼前的選擇，大家陷入了沉思。

我沒有在討論中發表意見。最終我們決定留在島上，等待天亮。

如果藤原先生眞的還躲在島上，當救援船靠近時，他或許會在那一刻引爆炸彈。我們必須避免增加犧牲者——這便是大家的決定。

我們六人關掉了電燈，靜靜地在餐廳等待黎明。

「如果藤原還在島上，我們應該要裝睡，等待他離開才對吧？但炸彈還是有引爆的可能性。既然現在可能是我們人生的最後時刻，與其各自渡過，不如大家一起待著吧。」

聽到草下先生這麼說，沒有人反對他的提議。

室內只亮著昏暗的小夜燈。父親拉過椅子，一動也不動地坐在我身旁，椅子近到讓我們的肩膀幾乎貼在一起。若在平時，我大概會默默起身離開，但此刻卻沒有這樣的念頭。

我們須等到天色泛白，才能從會客室拿出手機呼叫救援。我們這麼決定，是因爲櫥櫃沉重，移動時會發出吱呀聲響。如果藤原先生在窗外聽到動靜，可能會引起他的懷疑。

當船抵達的時候，太陽已經升起，橘黃色的地平線逐漸轉爲明亮的白色。

船是我們來時預訂的漁船。對於澤村先生一大早打電話催促他火速趕來，船長雖然一臉困惑，但還是急速駛來。看到我們少了幾個人，他略感詫異，但我們沒有多加解釋，而是急忙上船。

「不好意思，能盡快離開小島嗎？理由稍後再說。」

「啥？嗯，反正也沒理由多待就是了。」

聽到澤村先生的催促，船長的態度依然不變。不過船沒花多少時間就離開了碼頭。

然而現在距離安心還太早，畢竟不知道炸彈的威力到底多大。

進入船艙後，野村小姐立刻打電話給她妹妹。

「喂？不好意思，這麼早打來。我想盡快解釋一些事。我不是說過要去島上工作嗎？或許妳難以置信，但我和草下先生，還有其他一起來的人，全都差點被炸彈炸死——」

我們聽著野村小姐向剛睡醒的人，解釋難以馬上理解的情況，同時感受漁船的速度逐漸加快。

除了正在講電話的野村小姐，其他人都保持沉默，蜷縮在堅硬的座椅上，心中祈禱直到船遠離小島前都不會發生意外。

船順利地往前航進。

是不是已經安全了呢？距離拉開到這種程度，應該不必再擔心被爆炸波及了吧？就在我開始這樣想的時候，突然有人出聲叫住我。

「里英，要不要去甲板上？」

凶手突然對我說道。

「嗯，也好。」

我們兩人打開船艙門，朝船尾走去。

當我們走上甲板時，最後一抹朝霞已經消散，海面閃耀著耀眼的光芒。

今天的天氣依舊晴朗，海風仍然冰冷刺骨。我回望著船尾浪花的彼端，小島的影子已經變得比想像中更加渺小。我感到壓在心頭的沉重感似乎逐漸消散。

凶手倚靠著船邊的欄杆。

「里英，辛苦了。真的很不容易吧。」

「——沒有綾川小姐辛苦。」

「嗯，還好啦。」

凶手笑了笑。

「我知道有些事情還是得和妳說清楚。我想妳大概已經知道得差不多了，讓我一直在想，究竟該怎麼做才好呢？里英，我也想聽聽妳的意見。」

該怎麼做才好呢？凶手這麼說。

我才想這麼說，我到底該怎麼做才好？

三天前的早上，當屍體被發現時，島上所有人都被迫遵守誡律——不得找出犯人，否則小島將會爆炸。

既然如此，看到崖下屍體的瞬間，便已經得知犯人是誰的我，究竟應該怎麼做？

綾川小姐背對著小島，轉身面向我。

「里英，妳那天晚上沒睡著吧？」

「是的。」

抵達小島的第一晚，我和綾川小姐睡同一個房間，但我輾轉反側，一直望著窗外。所以我知道綾川小姐深夜悄悄離開房間，也隔著窗戶，清楚看到她拿著十字弓走向工具小屋。當時的我完全沒有意識到，她正打算殺害小山內先生。

綾川小姐回房時，天色已經微亮。我當時正處於半夢半醒的打瞌睡狀態，差點傻傻地問她昨晚去做了什麼。然而還沒來得及發問，我們就立刻被草下先生叫去看崖下的屍體，並聽到了「十誡」的規則。

和綾川小姐同房的我，是唯一知道她殺害小山內先生的人。不論是矢野口先生，還是藤原先生，自然都是她殺的。綾川小姐自己才證明了，這三起命案的凶手都是同一個人。

從三天前開始，就只有我一個人知道犯人的身分。我不能讓任何人知道這件事。

「我那晚眞的困擾極了，沒想到竟然會讓自己陷入殺人的境地。我完全無法確定，妳當時是睡著了，還是醒著的。如果妳睡著了，沒發現我出去過，那就太好了。可是如果妳醒著，知道我去做了什麼，那我就必須想辦法處理這件事了。所以在會客室裡，當妳爲我作證時，我眞的鬆了一口氣。至少我知道妳願意幫我。」

「因爲——我也只能這麼做啊。妳說過如果揭穿了犯人，所有人都會被炸死——」

眼淚不禁滑落。綾川小姐將我擁入懷中，用溫柔到令人害怕的力道輕拍著我的肩膀。

我早已經預料到，她會懷疑我是否醒著，是否知道她是犯人。因此我必須在父親面前替她作僞證，盡快表明出自己沒有揭穿她的意圖。

「我也一直很迷惘，不知道該向妳坦白到什麼程度。我不確定妳是否已經知道全部眞相，是否明知我是犯人，卻還爲我掩護。更何況，就算我想向妳解釋，我也不可能在殺了小山內之後，直接告訴妳：『我還打算再殺兩個人，里英就乖乖等著看喔。』萬一嚇到妳，害妳驚慌失措，那就糟了。所以我也只能先什麼都不說，觀察妳的反應。妳當時一定很害怕吧。」

沒錯，綾川小姐一直在觀察我，看我是否會守住這個祕密，不對任何人透露半分。

「現在妳願意告訴我一切了嗎？」

「但是里英，我爲什麼非得殺了那三個人的原因，妳應該大致都知道了吧？」

「因爲他們製造了炸彈——」

「嗯，但不只是這樣。我果然還是完整告訴妳比較好——

「我說過那三個炸彈犯打算在夜裡搭船逃走吧？這是眞的。只是他們可不只是想逃跑而已。我和妳睡同一個房間的那晚，大室先生不是把外套忘在會客室嗎？當時我躺在床上，忽然想到，外套裡放著工具小屋的鑰匙，隨意放著總讓人不安，還是拿在手裡比較保險。

「於是我便下樓走向會客室，卻發現玄關旁沒看到矢野口先生的鞋子。

「這麼晚了他怎麼會在外面呢？那時我心想，或許他們正偷偷做什麼，可能和那些炸彈有關。所以我立刻拿了十字弓，偷偷溜到工具小屋那邊去看看情況。果不其然，他們三個人正從工具小屋裡抬出橡皮艇，準備逃離小島。更糟糕的是，我聽見他們正在討論如何啟動引爆裝置。」

「咦——」

我頓時感到一陣寒意襲來。

「所以他們三人是打算把我們都——？」

「嗯，他們打算划船到安全的地方，然後將我們和證據一起消滅。」

我們差點就被炸死在島上了。

「我躲在草叢後面偷看，但完全不知道該怎麼辦。即便我現身阻止他們，對方有三個人。我又不確定來不來得及回別墅呼救。而且他們還有炸彈。如果他們用炸彈威脅我們，我們就完全束手無策了。

「所以我決定趁他們還沒發現我，先發制人搶下引爆裝置。當時藤原和矢野口正在把橡皮艇搬到碼頭，只留小山內一個人負責設置引爆裝置。從小山內手上搶走引爆裝置和鑰匙的機會就這樣來臨了。」

綾川小姐的手輕輕搭在我肩上，以宛如為孩子朗讀繪本般的語調繼續說道。

「小山內把引爆裝置設置好後，鎖上了工具小屋的門。我躡手躡腳地跟在他後面。當我們靠近懸崖時，我心想這裡正是動手的好地方。我從沒用過十字弓，又不能失誤，心裡緊張得要命。我在不被發現的情況下，盡可能悄悄靠近，最後成功命中了他，真是太好了。」

她殺了小山內先生。

「——我趕緊從他的屍體上拿走引爆裝置的手機和工具小屋的鑰匙。但是接下來該怎麼辦，我一點頭緒都沒有。我雖然想了很多，不過要是矢野口和藤原發現小山內已經死了，事情就麻煩了。所以我把屍體推下了懸崖。」

「要是妳沒殺了小山內先生，除了炸彈犯之外，大家都會死在那座島上嗎？」

「嗯，或許吧。」

「妳救了大家嗎？」

「誰知道呢？說實話，我說不定都只想著怎麼讓自己得救。可是我真的很高興妳沒死。」

這句話同時也意味著，她慶幸自己不必對我下手。

「里英，不是有正當防衛這回事嗎？雖然我對法律不太了解，但聽說必須在受到攻擊之後反擊才算正當防衛。那麼我的情況會怎麼判定呢？如果我放過小山內，我們多半會被炸彈炸死吧，但這終究只是可能發生的事。對於沒有親眼目睹整個過程的人來說，也許會認為我們可以試著與他們談判。而且我也不一定能證明那三個人有意殺害我們。所以我最終還是成了殺人犯吧？」

正當防衛，大概是無法成立的。

於是綾川小姐決定採取這一連串複雜的行動。

她把視察團困在島上，一個個殺死炸彈犯，最後把罪名嫁禍給藤原先生。這場高風險的計畫，幾乎是她唯一的選擇。

「——當時矢野口和藤原正在碼頭爲橡皮艇充氣，準備逃跑。但因爲小山內遲遲沒有出現，他們開始四處尋找他。我趁這個機會把橡皮艇藏到碼頭附近的小木屋，並把門鎖上。那兩個人當時肯定非常慌張吧。小山內突然消失了，橡皮艇也不見了，他們一定搞不清楚到底發生了什麼事。就在他們四處搜尋時，我悄悄做好了準備。」

首先，綾川小姐拿走了留在會客室的備用鑰匙，接著從伯父的房間拿走月曆和筆，在上面寫下了「十誡」。

「我是躲在碼頭對面的小木屋裡寫的，因爲如果在其他地方，很可能被他們發現。那兩個人心急如焚，卻又不能大聲呼喊。畢竟他們可是因爲炸彈被人發現，正準備逃跑嘛。」

最後矢野口先生和藤原先生在黎明時分，毫無頭緒地回到了各自的房間。因爲天色太暗，他們沒有發現懸崖下的屍體。

「等到天亮後，我就在玄關門廊的柱子上釘上月曆紙，然後回到妳身邊。因爲我擔心妳發現我不在。里英，妳眞的很會裝睡呢。從我出門時妳就一直醒著吧？」

「嗯。」

「要是我知道接下來要殺人，我就會換到別的房間了。但一切都發生得太突然，實在是沒辦法。不過幸好我和妳同房，後面的計畫才順利進行。」

「——什麼意思？」

綾川小姐依舊不斷撩撥我的內心，使我難以平靜。

「我們不是一起散步過嗎？我們一直待在一起，所以大家都覺得我們有不在場證明。「矢野口和藤原也一樣，他們雖然不知道犯人是誰，但都認定唯獨我們兩個人不會是犯人。因此我才能用商量如何找出犯人，或是幫忙從地下室潛入工具小屋的理由，在晚上把他們兩人約出來。不然的話，我應該很難找到合適的時機下手吧。」

綾川小姐先殺了矢野口先生，只要利用兩人鞋子相似這一點，雖然要多費工夫，花時間抹去受害者腳印，但能藉此自導自演出一齣藤原先生就是犯人的戲碼。

綾川小姐一邊犯案，同時也在思考如何破案。她在犯下第二起、第三起命案的同時，確立了把墜落崖底的屍體當成意外死亡的劇本。

「我會向妳借防風外套，拿出矢野口的手機，也是想要找出三人是炸彈犯的證據。如果沒有確切的證據，我要怎麼讓大家相信藤原是犯人呢？所以我很期待手機裡會有相關的往來紀錄。而且我還需要編一個故事，讓藤原看起來像是真凶。幸好我在對話紀錄中，發現小山內說自己找到藏身地點的留言。如此一來，不知藏身地點在哪裡的藤原搶走矢野口的財物，偽裝自己死亡的劇本就完成了。

「要是沒找到可用的資訊，最糟的情況下，我只能強行主張藤原背叛兩人逃跑的說法，不過，還是盡可能連動機都說得通比較好呢。而且我也想儘早讓妳知道這三個人其實是炸彈犯。這樣一來，妳也能安心一點吧？」

沒錯，知道被殺的人可能是罪犯，確實讓我的內心輕鬆了不少。

在進行殺人計畫的同時，綾川小姐一直在觀察我。她想知道，在我們還困在島上時，以及當我們成功逃離後，大室里英能否保守這個祕密。

如果我透露任何風聲，她別無選擇，只能殺了我。綾川小姐早已準備好最終手段——若有必要，她會偷偷用橡皮艇離開，然後引爆炸彈。

「——昨天真是累壞了。我必須趁天亮前殺掉藤原，還得砍下他的腳，再把屍體拋進海裡，這些工作都很費力氣。我還不得不搬運沉重的屍體、汽油、橡皮艇。在別墅走廊走動時，我一直擔心有人會突然打開房門，害我緊張得要死。幸好大家都很配合。」

我的眼淚不斷湧出，綾川小姐充滿耐性地安慰我。

「其實我本來打算在把屍體拋入海裡後，就告訴妳全部眞相，請妳幫我保守祕密，但到最後昨天根本沒時間。我還得聽手機的錄音檔，所以我原本打算吃完晚餐再告訴妳，結果野村又開始恐慌發作——不過或許不說也沒關係吧。畢竟里英一定會替我保密，對嗎？」

綾川小姐篤定地這麼說，而且她的確說對了。

這個事件的眞相，我一輩子都不會告訴任何人。

誡律本該是用一生去遵守的——綾川小姐在前天中午才這麼說過。這就是我必須遵守的誡律。

今後考試、升學，出來獨自開業接案，不行的話就進公司就職，和人交往、分手，結婚，也許甚至生子——無論未來發生什麼事，無論去到哪裡，我的生命都將與這個祕密共存。光是想到這一點，我就感到一陣暈眩。

即使如此，這個祕密仍將成爲我人生的一部分，就像兒時與伯父偷偷喝酒的回憶一樣。

正如我以前喜歡伯父一樣，以前的我也喜歡綾川小姐。

見我強忍著嗚咽點了點頭，綾川小姐粲然一笑。

綾川小姐從口袋取出了一支手機。只是那不是她的手機，而是引爆裝置。她緩緩開口：

「里英，如果我引爆這座小島，妳會生氣嗎？雖然應該沒問題，不過我還是想保險一點。畢竟說不定我的頭髮掉在了地下室呢。」

她早就知道我會怎麼回答。

我無法說「不」，因爲我的內心早已接近共犯的心境。再者，伯父也可能參與了炸彈製作，我和她一樣，希望這場事件的所有痕跡都徹底消失。

四天前，當我踏上這座已然荒廢，淪爲犯罪者巢穴的小島時，心中只剩下失望。既然如此，讓這座島留在記憶中就足夠了——當時的願望意外地實現了。

「——沒問題。」

「我明白了，謝謝妳。」

綾川小姐打開智慧鎖的管理應用程式，毫不猶豫地點擊了解鎖按鈕。

她的動作流暢自然到讓我一時還沒意會過來。

當我慌忙回頭望向船尾時，遠方身影渺小的小島已經傳來接連的爆炸聲，比小島本身還要巨大的黑煙騰空而起。

海面劇烈震盪，濺起的浪花翻騰不已，我不禁想起了摩西分開紅海的傳說。

爆炸引起的波浪傳到了船上，讓船身劇烈搖晃。我沒錯過綾川小姐藉著搖晃的瞬間，趁機把引爆裝置扔入海中。

事到如今，已經沒有任何能夠指證眞凶的物證了。

隨著腳步聲響起，船艙裡的眾人因爆炸聲驚慌地跑上甲板。

「哇！藤原你還真的下手了！」

草下先生大喊。

野村小姐依然將手機貼在耳邊，對她的妹妹恍惚低喃：

「喂，妳聽到剛才的聲音了嗎？島上真的爆炸了——」

野村小姐這句似乎鬆了一口氣的話，讓大家發出一陣奇妙的笑聲。

「我們得救了！真的是撿回一條命了！有夠危險啊！」

澤村先生望著大海大聲吶喊，然後繼續笑著，彷彿對自己竟然安全逃過這一劫感到不可思議。

父親則看向我和綾川小姐，注意到我臉上清晰的淚痕。

「啊——好像又在麻煩妳照顧我女兒，真是不好意思。」

綾川小姐展露微笑。

「哪裡，一點也不麻煩。不知道犯人是誰，里英大概一直很害怕吧，直到離開小島，她才終於流下強忍已久的淚水——」

謊言！這一切都是謊言！我在心中吶喊。

「——不過，她現在似乎已經放下心，應該沒事了。我自己其實也是，這三天多虧有里英，不然我應該會因爲太過不安而無法堅持下去吧。」

我無法分辨這句話究竟是徹頭徹尾的謊言，還是她的眞心話。

「對了，這個還給妳，謝謝。」

綾川小姐脫下身上的防風外套，披上我的肩膀。因爲我剛好開始感受到寒意，時機太過巧合，讓我不禁毛骨悚然。

毫無所知的父親對眼前的光景莫名地覺得十分自然。

「里英，妳還好嗎？雖然回去後還有一些事要向警方解釋，但我相信，回家後一切都會回到正軌——」

「嗯，我知道。我沒事的，還有考試要準備呢。」

聽到我的回答，綾川小姐一臉滿意地摩娑我的肩膀。

＊

直到漁船抵達港口的途中，我一直聽著綾川小姐訴說她的過去。

令我意外的是，她的文件上顯示已婚。「綾川」其實是她的舊姓。她在新成立的觀光開發公司裡，選擇了使用舊姓。

她的丈夫似乎下落不明，聽起來讓人有點不安，但她一副毫不在意的樣子。

「我有說過嗎？我常常自己喜歡上一個人，懷抱期待，結果一次次失望。但這一次能遇到里英，真的是太好了。」

對於過去曾經喜歡，懷抱期待，卻又讓她失望的人是誰，以及對方最後怎麼了，她什麼都沒說。

結束繁瑣的偵訊後，我們終於搭上新幹線返回東京。途中父親看見我和綾川小姐交換聯絡方式時，還單純地爲我交到新朋友感到高興。

我和她在品川車站告別。

在熙來攘往的人潮中，綾川小姐停下腳步，注視著我的眼睛。

「──那麼，別了。」

那是說得太過熟練，太過簡單的一句道別。

解說

《十誡》——給第二次閱讀的讀者

青柳碧人（日本推理作家）

※本文出處為講談社為讀完《十誡》和《方舟》的讀者所設置的網路暴雷解說頁面，內容涉及故事眞凶及其動機，務必讀完故事再閱讀。

哎呀，有個令人開心的工作來了。那就是替夕木春央的作品《十誡》撰寫解說。

說到夕木春央，讓人記憶猶新的，正是去年（二〇二二年）在推理界引發轟動的佳作（也可說是怪作？）《方舟》。在那樣的極限情境下，竟然還能構築出如此縝密的犯案計畫，並將其貫徹到底……！我整個被那位冷酷、陰沉又帶點哀傷的犯人所吸引，甚至在本格推理大獎的評選文中寫道：「我將我的一票獻給本作的犯人。」

而這次要為夕木春央的最新作品撰寫解說。而且繼《方舟》之後，又是一個以舊約聖經爲主題的書名。光是這點就讓人興奮不已。由於這是限定給已經讀過本書的人看的公開文章，編輯部甚至跟我說：「劇透的部分，請完全不用客氣。」既然如此，那就來場像電影《一屍到底》的「建議二刷觀影」那樣的徹底劇透解說吧……我懷著這樣的幹勁開始閱讀，結果馬上就被故事玩弄得體無完膚，把這想法整個甩到腦後了。

——這究竟是怎麼回事的詭異推理小說啊？

讓這部推理小說變得詭異的兩個要素，毫無疑問就是「大量的炸彈」和「十誡」。在「只要違逆犯人的意志，整座島就會立刻炸得灰飛煙滅」的危機感籠罩下，形成了一個完全脫離推理小說常識的封閉空間（closed circle）：島上「所有登場人物的手機訊號都非常良好」、「明明本來預定隔天就會有船來接人，卻刻意延長了停留時間」、「不能試圖找出犯人是誰」。

正當以爲會透過「神諭」來探查犯人的情緒時，角色們卻忙著湮滅證據，或者在犯人毀屍滅跡的期間乖乖地躲在房間裡……被困在島上的人物們，竟然一個個都乖巧得令人心疼地服從犯人的指示。代表「NO」的石頭、敲門聲、引擎聲、門鈴聲……雖然「十誡」與犯人的存在就像近在眼前一樣眞實，卻完全無法判斷是誰，這份詭異的懸疑感動搖著讀者的心，一路推進至事件的高潮。

以壓倒性的邏輯一舉解決——正當你這麼以爲時，又迎來了更進一步的劇情反轉，然後是最後兩頁驚人的眞相！

讀完之後，我幾乎整個人陷入了呆滯。

但也不能一直發呆。這可是寫解說的工作啊！我打起精神，從頭再讀一次，而這一讀，又讓我再次驚訝。本作在了解了全部眞相之後再讀，竟會變成一部完全不同的作品。

現在正在讀這篇解說的大家，應該都是已經讀過一遍的人吧。那麼，接下來就非得再讀一次不可。雖然不知道我能做到什麼程度，但從這裡開始，我會試著讓這篇文章成爲「第二次閱讀者」的導覽。

《十誡》的本質，其實並不在於「找凶手」，而是在於那些隱藏在敘述文字中的心理攻防——一場又一場讀者往往未曾察覺的暗中較量。正因爲讀者認定這是一部「找凶手」的推理小說，這些設下的圈套才會深深刺入人心。

對於二刷的讀者來說，很容易就會察覺，這部小說的面貌在第一章與第二章之間產生了戲劇性的變化。那是因爲在這個過程中，綾川意外地殺了小山內，成爲了「眞正的犯人」。

然而，接下來在里英開口問「你昨晚在做什麼？」之前就發現了屍體，使得事情發展並不那麼單純。故事中的角色，其實可以分成四種立場：

①成爲殺害矢野口與藤原的犯人——綾川
②明知綾川是犯人，卻必須裝作不知情的——里英
③同伴被殺的炸彈犯——矢野口與藤原
④一無所知的其他人——大室（里英之父）、澤村、草下、野村

那麼，二刷的讀者應該站在哪個立場去閱讀呢？
答案是——同時並行或交錯比較①與②的立場。
首先，讓我們從里英的視角來進行細緻的分析。
雖然她知道犯人是綾川，但她完全不明白綾川爲何殺人、動機是什麼，甚至也無法掌握她接下來打算做什麼。而且，根據「十誡」，她既無法確認這些事，也不能表現出「我知道你是犯人」的樣子。
畢竟，對於二刷的讀者來說，小山內的屍體被發現之後，敘述中出現的「犯人」都可以直接轉譯成「綾川小姐」來閱讀。這樣一來，里英的困惑與慌亂幾乎能夠被一眼看透。
接著是綾川的立場。
殺了小山內、把「十誡」貼在玄關後返回房間的綾川，並不知道自己在離開房間期間（也就是成爲犯人的那段時間）是否已被里英察覺。然而，她也不能主動去質問里英是否知

道。於是，她只能預設「里英應該知道」的前提，不斷給對方施加壓力——「妳知道要是說出來會出大事吧？」這種威脅感會持續地傳遞給里英。

兩人之間的對話——第一次閱讀時，可能會以爲是「遇到突如其來殺人事件而驚慌失措的少女，與試圖安撫她、像名偵探一般冷靜沉著的姊姊」的關係構圖，但到第二次閱讀，才會明白那其實是一場令人神經緊繃的試探與角力。

此外，像里英思考「犯人是誰」的那些場景，其實也充滿了明明白白暗示「綾川就是犯人」的線索，讓人不禁想問：「第一次讀的時候怎麼就沒發現？」……雖然這部分就留給各位讀者自行回收線索，不過，接下來我想特別介紹其中一幕我格外在意的場景。

第一〇七頁到第一二七頁（此爲日文單行本頁數，臺灣譯本頁數是一一五頁至一三二頁）——是里英、綾川、大室三人進行密談的場景。這場密談由綾川提出，她口頭上說是「設法脫離眼前處境，平安回家而討論對策」，但若仔細閱讀，就能看出她眞正的用意。

首先，她先以「犯人未必眞的會在三天後放大家離開」來威脅他們，接著一步步確認炸彈無法回收，藉此在心理上施加束縛，讓眾人不得不服從犯人的意志。然後，她讓大家意識到「犯人甚至可以強迫現場的人去善後處理犯罪」，藉此爲今後的行動鋪路，使整體計畫更順利推進。

即使由於意料之外的殺人事件，使得整個計畫未能完全如預期實現，綾川在這一刻或許也重新體會到，那種「如同成爲將十誡頒布給人類的神」一般的心境也說不定。

回想起來，《方舟》是以「爲了避開洪水而建造的方舟」爲母題，卻描寫了一場發生在被水灌滿的地下建築中的連環殺人事件；而本作《十誡》，則是以「頒布給脫離埃及、獲得自由的民族」的十誡爲母題，卻描寫了一種「若不遵守就無法脫逃的誡律」。這或許可以稱作「舊約聖經式的諷刺性反轉情境」。夕木春央這位作家，也許特別喜愛這種獨特的諷刺性設計。對一位推理作家而言，這可說是一種極大的美德。

不管怎麼說，成爲「神＝眞犯人」的綾川，她的計畫與執行都可說是相當精采。爲了將罪行嫁禍給藤原，她在藤原還活著的時候就已經設計好足跡詭計的邏輯，那種縝密程度讓人背脊發涼。而到了最後將所有人困在房間、進行整起犯罪的總收尾場景時，即便我們（作爲第二次閱讀的讀者）已經知道那個在四處活動的人是綾川——正因爲知道了，才更讓人感到毛骨悚然。

——回過神來，我又再度被犯人的魅力深深吸引。夕木春央筆下的犯人，爲什麼總是這麼令人著迷呢？

【！注意！】

以下內容將涉及《方舟》的眞相，請尚未讀過的讀者避免閱讀。

這個問題的答案，就藏在最後兩頁的震撼中。

雖然這一幕在初讀時應該已經讓所有人都震驚不已，本來想說對二刷讀者再寫一次可能有些多餘，但我還是忍不住想要寫下來。

「我常常自己喜歡上一個人、懷抱期待，結果一次次失望。」

這句話，已經不是什麼單純的暗示了。她正是──《方舟》中那位親手殺死丈夫等數人的女人，麻衣本人。

我接下來要進行一些不負責任的猜測。

善用所處的情境，構築出一場完美犯罪──夕木春央或許正是想將這位名爲綾川（麻衣）的人物，打造成如同派翠西亞・海史密斯筆下湯姆・雷普利那樣的角色。雖然里英將枝內島被炸毀後的海景，聯想成摩西分開紅海的故事，但我卻忍不住想起犯罪電影《陽光普照（Purple Noon）》的最後場景。

藤原的屍體大概不會像那部電影一樣，被漁船撈起來吧。畢竟，與亞蘭・德倫飾演的湯姆不同，我們的綾川成功逃脫了。接下來，她又會展現怎樣的「活躍」呢？我已經等不及想看了。

E FICTION 65／十誡

原著書名／十戒
作　者／夕木春央
原出版者／講談社
翻　譯／鍾雨璇
責任編輯／詹凱婷
編輯總監／劉麗真
事業群總經理／謝至平
發 行 人／何飛鵬
出　版／獨步文化
115 台北市南港區昆陽街 16 號 4 樓
電話：886-2-25000888　傳真：886-2-2500-1951
發　行／英屬蓋曼群島商家庭傳媒股份有限公司城邦分公司
115 台北市南港區昆陽街 16 號 8 樓
客服專線：02-25007718；25007719
24 小時傳真專線：02-25001990；25001991
服務時間：週一至週五上午 09:30-12:00；下午 13:30-17:00
劃撥帳號：19863813　戶名：書虫股份有限公司
讀者服務信箱：service@readingclub.com.tw
城邦網址：http://www.cite.com.tw
香港發行所／城邦（香港）出版集團有限公司
香港九龍土瓜灣土瓜灣道 86 號順聯工業大廈 6 樓 A 室
電話：852-25086231　傳真：852-25789337
電子信箱：hkcite@biznetvigator.com
馬新發行所／城邦（馬新）出版集團
Cite（M）Sdn. Bhd.（458372U）
41, Jalan Radin Anum, Bandar Baru Seri Petaling,
57000 Kuala Lumpur, Malaysia.
電話：+6(03)-90563833　傳真：+6(03)-90576622
電子信箱：services@cite.my

封面設計／高偉哲
封面插畫／SUI
內頁插畫／三村晴子
排　版／游淑萍
印　刷／中原造像股份有限公司
● 2025 年 5 月初版
● 2025 年 7 月 7 日初版三刷
售價 460 元

ISBN 9786267609439（平裝）
ISBN 9786267609422（EPUB）

國家圖書館出版品預行編目資料

十誡／夕木春央著；鍾雨璇譯. –初版. – 台北市：獨步文化，城邦文化事業股份有限出版：英屬蓋曼群島商家庭傳媒股份有限城邦分公司發行，2025.05
面 ； 公分
譯自：十戒
ISBN 9786267609439（平裝）
ISBN 9786267609422（EPUB）

861.57　　114003213

獨步文化
APEX PRESS

廣 告 回 函
北區郵政管理登記證
台北廣字第000791號
郵資已付，免貼郵票

115020台北市南港區昆陽街16號4樓

英屬蓋曼群島商家庭傳媒股份有限公司

城邦分公司

請沿虛線對摺，謝謝！

獨步文化
APEX PRESS

書號：1UR065	書名：十誡	編碼：

請於此處用膠水黏貼

獨步文化 APEX PRESS

讀者回函卡

謝謝您購買我們出版的書籍！

請費心填寫此回函卡，我們將不定期寄上城邦集團最新的出版訊息。

姓名：＿＿＿＿＿＿＿＿ 性別：□男 □女

生日：西元＿＿＿＿年＿＿＿＿月＿＿＿＿日

地址：＿＿＿＿＿＿＿＿

聯絡電話：＿＿＿＿＿＿＿＿ 傳真：＿＿＿＿＿＿＿＿

E-mail：＿＿＿＿＿＿＿＿

學歷：□ 1. 小學 □ 2. 國中 □ 3. 高中 □ 4. 大專 □ 5. 研究所以上

職業：□ 1. 學生 □ 2. 軍公教 □ 3. 服務 □ 4. 金融 □ 5. 製造 □ 6. 資訊
□ 7. 傳播 □ 8. 自由業 □ 9. 農漁牧 □ 10. 家管 □ 11. 退休
□ 12. 其他＿＿＿＿＿＿＿＿

您從何種方式得知本書消息？

□ 1. 書店 □ 2. 網路 □ 3. 報紙 □ 4. 雜誌 □ 5. 廣播 □ 6. 電視
□ 7. 親友推薦 □ 8. 其他＿＿＿＿＿＿＿＿

您通常以何種方式購書？

□ 1. 書店 □ 2. 網路 □ 3. 傳真訂購 □ 4. 郵局劃撥 □ 5. 其他

您喜歡閱讀哪些類別的書籍？

□ 1. 財經商業 □ 2. 自然科學 □ 3. 歷史 □ 4. 法律 □ 5. 文學
□ 6. 休閒旅遊 □ 7. 小說 □ 8. 人物傳記 □ 9. 生活、勵志 □ 10. 其他

對我們的建議：＿＿＿＿＿＿＿＿

＿＿＿＿＿＿＿＿

＿＿＿＿＿＿＿＿

為提供訂購、行銷、客戶管理或其他合於營業登記項目或章程所定業務需要之目的，家庭傳媒集團（即英屬蓋曼群島商家庭傳媒股份有限公司城邦分公司、城邦文化事業股份有限公司、書虫股份有限公司、墨刻出版股份有限公司、城邦原創股份有限公司），於本集團之營運期間及地區內，將以 mail、傳真、電話、簡訊、郵寄或其他公告方式利用您提供之資料（資料類別：C001、C002、C003、C011 等）。利用對象除本集團外，亦可能包括相關服務的協力機構。如您有依個資法第三條或其他需服務之處，得洽詢本公司服務信箱 cite_apexpress@cite.com.tw 請求協助。相關資料不提供亦不影響您的權益。

□我已詳讀權利義務之相關條款，並同意遵守。

請於此處用膠水黏貼